徒然モノ草

安藤広幸
ANDO Hiroyuki

文芸社

はじめに

　このエッセイ集は、『岐阜県医師会報』という、岐阜県医師会の会員の皆様向けの言わば業界誌みたいなもの（月刊誌）に投稿した私のエッセイを一冊にまとめたものです。二〇一七年一月から二〇二三年五月までの十四本ですが、一年十二か月分を六人のメンバーで分担執筆しているので半年ごとに順番が回ってくるわけで、一年に二本、したがって七年分の十四本です。

　読者は岐阜県の医師会員、主に開業医の先生ですが、医師といっても小児科医もいれば泌尿器科医もいる、精神科医もいれば外科医もいますし、外科医でも、心臓外科医と消化器外科医とでは、扱う対象がまるで別物です。お医者さんの誰もが興味を持って読んでいただける最大公約数的なものは何かと考えていくと、結局そのときどきの時事ネタと自分の日常診療のなかでの体験談に落ち着きました。

　たいへん苦労して書き上げた文章なので、ときどき本棚から一年分十二冊ごとにつづり紐で綴じられた岐阜県医師会報を引っ張り出してきては読み返してひとり悦に入っていたのですが、自分の書いたものだけを読むのに十二か月分綴りの重たいバインダーをいちいち出してくるのは面倒です。それで次第に、パソコンのファイルを開いてデスクトップ画面上で原稿を読むことが多くなってきたのですが、これがまた何とも味気ないのです。いつしか一冊の本にして残したいとの思いが募り、このたび出版することになりました。

読者の皆様に、「そういえばこんな出来事があったな」と情報の洪水の中で忘れ去られてしまったエピソードを思い起こしていただけたら、そして最後にクスッと笑っていただけたら幸いです。

目次

漱石没後百年に想う〈二〇一七年一月〉

二〇一六年は、夏目漱石没後百年に当たる年で、どこの書店にも漱石関連の雑誌、ＭＯＯＫ、そして装丁新たにした『こころ』『草枕』などの代表作が多く並んだ。元来読書力のない私は、学生の頃から『吾輩は猫である』を三回読み始めては、三回とも途中で挫折している。日本を代表する文豪の作品を、中学校の課題図書か何かで読んだ『坊っちゃん』しか知らないのでは恥ずかしいと、一念発起してこの年の夏以降、漱石の小説を読み始めた。『虞美人草』、夏目鏡子（漱石の妻）による『漱石の思い出』を挟んで『それから』、『門』、『行人』と読んだ。数年前に、絶筆となった漱石最後の作品『明暗』は読んでいたので、これを加えてやっと新潮文庫の「夏目漱石の本」十七冊のうち六冊。まだまだ道のりは長い。これだけの作品群を漱石は正味十年の間に書き上げているのだ。

　その漱石の死因が胃潰瘍からの出血であることはよく知られている。有名な「修善寺の大患」は明治四十三（一九一〇）年、漱石四十三歳のときのことであり、このときは大吐血により一時危篤に陥るが、二か月におよぶ療養の後に快復している。臨終の床に臥したのは、大正五（一九一六）年十一月二十二日のこと、十一月二十七日には胃部が「瓢箪のようにぷくっとふくれあがっている」のが見てわかるほど胃内に大出血している。十二月二日に二回目の大内出血を来たし、「食塩注射」や胃を癒着させる目的で「ゲラチン注射」を繰り返し施されるが、漱石の妻が「どうせ絶望と決まった以上、注射注射で無理に長いこと苦しい思いをさせることもないから、安楽に死なしてやりたい」と医者に申し出て、十二月九日午後六時五十分永眠となるのである。

　遺体は、翌十二月十日に東京帝国大学病理学教室において、長与又郎博士執刀の下に解剖されている。胃の小彎（しょうわん）側、幽門輪から五センチメートルのところに、長さ五センチメートル、幅一・二〜一・五センチメートルの楕円形で横に広い潰瘍があり、この潰瘍底に多数の血管が露出しているのが確認されている。そして胃および腸内容は夥しい量の赤黒い血液で充満しており、大量の出血があったことを物語っている（このときの剖検記録は日本消化器病学会雑誌の別冊として残っている）。

ドラえもんの「どこでもドア」があれば、そこら辺のドラッグストアで買ったH2ブロッカー(1)を持って、漱石の枕元に行くのだが……。しかし、妻鏡子の愛情に満ちた配慮により、漱石の最期が静かで自然なものだったことは確かである。

それに比べると天才モーツァルトの最期は残念だ。一七九一年十一月十七日、フリーメイソン・ロッジの式典で、新作の小カンタータ（K六二三）を自らの指揮で初演したモーツァルトは、手足の腫れと痛みのために三日後の十一月二十日に病床に臥す。主治医のトーマス・クロセットが治療にあたり、著名な医師のマティアス・フォン・ザラーバの診察も受けたが、快復の見込みはなかった。十二月三日にはいくぶん体調は改善したが、この日の晩から再び容態が悪化し、十二月四日に弟子のジュスマイヤーに、自分の死後、『レクイエム』をどう仕上げるかを指示している。夜になってク

(1) 胃潰瘍・十二指腸潰瘍の治療に用いられる医薬品。市販のガスター10など。

ロセット医師が呼ばれたが、彼は劇場にいて、演目をすべて観終わるまで動かなかった。やっと到着したクロセットは、モーツァルトの高熱を発している頭に冷湿布を当て、そして瀉血した。これによりモーツァルトはショック状態に陥り、二度と意識は戻らなかった。一七九一年十二月五日午前零時五十五分、享年三十五歳。検死結果として記された死因は「急性粟粒疹熱」であったが、これは厳密な病名でないため、モーツァルトの死因をめぐる論争が続くこととなった。映画『アマデウス』で有名になったサリエリによる毒殺説は、確実な証拠がなく単なる噂話の域を出ない。しかし病名はともかく、モーツァルトの直接の死因が、母親アンナ・マリアのときと同様、瀉血治療にあったということは多くの研究者から支持されている。モーツァルトを死に追いやった犯人はサリエリではなく、ウィーン医学会の著名な善意の医師たちなのだ。彼らはモーツァルトが病床に臥してから臨終を迎えるまでの約二週間の間に、瀉血治療を繰り返し、約二リットルの放血がなされた。

瀉血治療のもう一人の有名な犠牲者はアメリカ合衆国初代大統領ジョージ・ワシントンである。一七九九年十二月十三日の朝、ジョージ・ワシントンは喉の痛みを訴え、翌日には呼吸が苦しくなった。化膿性扁桃腺炎から急性の喉頭炎と肺炎に変わり容態が急変したのだ。彼は、嫌がる召使いに無理やり五〇〇ccほどの血を抜かせた。「怖がることはない……もっと、もっとだ」。そこへ選りすぐりの名医が三人到着した。第一の医師は、甲虫の分泌液を乾燥させて作った発泡剤を使ってワシントンの皮膚に水泡を作り、一か所六〇〇ccずつの瀉血を二か所で行った。そして念のためさらに一二〇〇cc瀉血した。次の医師は九六〇ccの血を採った。結局十時間ほどの間に合計四リットル近くの血が採られ、午後十時十分、ジョージ・ワシントンは死亡した。現代の感覚からすれば単なる大量失血死だが、ヒポクラテスの「四体液説」に基づく瀉血は、浣腸・催吐とともに、不必要な体液を体外に出して病気を治す三大治療手段の一つとして、古代ギリシア・ローマ時代から近代まで行われていた。

モーツァルトもワシントンも可哀想だが、次の患者の場合はほとんど、いや完全に拷問ではないかと思う。イングランド王チャールズ2世（一六三〇〜一六八五）は、一六八五年二月、ホワイトホール宮殿で心臓発作のため倒れ、死の床でカトリックに改宗、五十四歳で死去した。この死があまりに突然のことだったので、廷臣たちは説明を要求した。王の侍医団は何とか責任を逃れたいとの思いから、多くの日誌類を公表した。これらの記録は、王が当時としては最高の治療を受けていたことを明確に証明するものだったのである。以下はその記録の抜粋である。

『2月2日、お目覚めの王は気分がすぐれなかった。髭剃りを中断し、1パイント（約500cc）の血液を採取。使者を出して精鋭の医師団を招集し、吸盤を使用してさらに8オンス（約240cc）の血液を採取。

陛下に有毒の金属であるアンチモンを嚥下していただく。嘔吐される。一連の浣腸を実施。有害な体液を下降させるため、頭髪を剃り、頭皮に発疱膏を塗布。

下降した有害な体液を吸収するため、ハトの糞などの刺激物質を足の裏に湿布。さらに10オンス（約300cc）の血液を採取。

気力回復のため砂糖飴を摂取していただいた後、灼熱した鉄棒で突く。その後一度も埋められたことのない男—非業の死をとげたことは確認済み—の頭蓋骨から浸出した液を40滴投与。最後に西インドのヤギの腸から採取した砕石を王の喉に押し込む。』

ネイサン・ベロフスキー著、伊藤はるみ訳『「最悪」の医療の歴史』（二〇一四年 原書房）

そしてチャールズ王は、一六八五年二月六日に亡くなった。

漱石の胃潰瘍から、話がだんだん血なまぐさい方向へエスカレートしてしまいましたが、ここで思い出した、私が座右の銘としている、アンブロワーズ・パレ（一五一〇～一五九〇）の言葉で終わりたいと思います。


――『神が癒し、医は侍る。』

（原文は〝Je le pansai, Dieu le guérit.〟我包帯し、神之を癒し給う）

【参考図書】

◇夏目鏡子述、松岡譲筆録『漱石の思い出』（一九九四年 文藝春秋）
◇フィリップ・マコウィアク著、小林力訳『モーツァルトのむくみ　歴史人物12人を検死する』（二〇一一年 中央公論新社）
◇ピーター・ゲイ著、高橋百合子訳『モーツァルト』（二〇〇二年 岩波書店）
◇西川尚生著『モーツァルト』（二〇〇五年 音楽之友社）
◇ネイサン・ベロフスキー著、伊藤はるみ訳『「最悪」の医療の歴史』（二〇一四年 原書房）

プラセボ医者〈二〇一七年七月〉

その患者さんは昭和五（一九三〇）年生まれ、もうすぐ米寿という年齢の男性である。降圧剤と緩下剤をもう何年来処方しているが、定期検査のデータは毎回すべて正常値で、足腰は最近やや弱くなったとはいえ杖も使わずに自力歩行で通院してこられるし、認知症の傾向などまったくない。先月の血液生化学検査の結果をお見せしながら、「まったく正常。すべて異常なし。これじゃあ、まだまだ死ねないねえ」と冗談を言ったら、「ほうかね。まだまだ大丈夫かね」とおっしゃる。「何歳まで生きたいの？」と尋ねてみると、なんと「百歳まで生きたいのう」と答えた。この爺さんにとって満百歳の誕生日を迎える日は、三七七六メートルの富士山頂に立った瞬間に等しいのだろう。九十九歳と三百六十日では、登頂できなかったに等しいのだ。

もう一人、こちらも九十歳を過ぎて、腰が痛い、脚が痛い、便秘だと、もう悪いとこだらけといった婆さん。「あと何年生きたいの?」と聞くと、これまた「あと五年生きたい」と、皆さん、明確な数値目標を持っておられる。

上の二人とは逆に、外来に来るたびに「もう死にたい」を連発する超高齢男性の患者さんがいる。この爺さんは今年で満百歳になるが、今でも毎日日経新聞を読んで、株価やユーロの変動に一喜一憂している、認知症の欠けらもないスーパー爺さんである。頭がしっかりしている半面、身体機能の衰えがもどかしいのだろう。あるときなど、安楽死できる薬を何か処方してもらえないかと真顔で頼まれたことがある。この爺さん、数年前に他院の外来待合室で心筋梗塞の発作を起こしたのだが、そこの医師の適切な救命措置により近くの総合病院のICUに搬送されて、一命をとりとめた。というか、爺さんにしてみれば希望がかなえられなかったわけである。総合病院の循環器科を退院して初めての外来に見えたとき、その爺さんに「もう、あとちょっとで川(三途の)の向こう岸に行けたのに……」と慰めてあげた。「無理やりこちらに引き戻されたのは、現世での修行が足りないという、神の思し召しだよ」と。その後しばらくして、その爺さんが神妙な顔つきでやって来た。胸部エックス線で肺に水が溜まっているとのこと。循環器科から呼吸器科に回されて検査検査の後、肺がんの疑いがあると主治医から言われたと、ひどく落ち込んで、もう消え入りそうな声である。

何とも慰めようもないので、ここぞとばかり、切り返してやった。「良かったじゃない。やっと死ねるよ。がんには確実に終わりがあるからねえ」。あんなにいつも、死にたい、死にたいと言っていたのに、いざ自分ががんと知ると、死が怖いのである。人間いくつになっても、死にたくない、もっと生きたいと思うものなのだということを、この爺さんは体現している。

ところがこの爺さん、種々の検査の末、肺がんではなく、「結核の疑い」ということになり、結局胸水もなくなって、呼吸器科の治療は終了ということになってしまった。以前のように相変わらず口癖のように「もう早く逝きたい」と言いながら通院している。

話は変わって、困った糖尿病患者がいる。Aさんは七十過ぎの男性で、過去二回教育入院しているのだが、入院して食事療法を徹底するだけで、血糖値は安定するのである。ところが退院すると、徐々にヘモグロビンA1c値が上昇してきてしまう。カロリー過多を指摘すると、「そんなに食べてないけどねえ……」と糖尿病患者の決まり文句。たまりかねて総合病院の糖尿病科に紹介して入院治療したのだが、結果は同じで、入院するだけで内服薬の変更もなく、ヘモグロビンA1c値は6台になったが、退院して今では、ヘモグロビンA1cが12・0にまでなってしまった。これでは未治療というか、無治療と変わらないのではなかろうか。もうやけくそで、「これじゃあ、薬飲んでないのと変わらない。医療費の無駄遣いだから、いっそ一度薬全部やめてみましょうか?」と言ったら、Aさん、「いや、薬は飲みます」と答えた。それ以来、この人にはあれこれ制限するのは無駄だとわかって、方針を変えた。その次に受診されたとき、「この歳になって、好きな物も食べずに一年や二年長生きしたって仕方ないもんね。もういいんじゃない、どんどんお食べください」と言ってあげた。子どもの頃読んだ絵本の『北風と太陽』のシーンを思い出したのだ。Aさんは怪訝そうな顔をして帰っていったが、次回のヘモグロビンA1cの値が楽しみだ。

先日、また例の三途の川を渡り損ねた爺さんが、家政婦さんに車いすを押されながら診察室に入ってきた。目を閉じて、蚊の鳴くような声で「便が出なくて、苦しくて苦しくて……」といつもの調子である。後ろで家政婦さんがニヤニヤしている。「どうしたの？　またユーロが下がってるのかね？」と尋ねると、「それはそうですけどねえ」と否定はしない。直腸内には便は触れず、腹部平坦。お腹を聴診しても問題ない。「大丈夫。まったく心配ない。あと二年は大丈夫」と言ったが、百歳の人に二年では物足りないかと気付き、おまけして「二年じゃないな。百十五歳まで生きられるよ」と奮発してしまった。爺さんは突然元気になって「ありがとうございます！」と張りのある大きな声を出した。自分でも、もはやこれは医療ではなくて宗教だなと思う。

といった具合で、日常診療の日々は流れていくが、最近、世界最強の囲碁棋士柯潔（かけつ）にGoogle DeepMindのＡＩ『アルファ碁』が三連勝したというニュースが話題になった。その少し前には、ワトソンというＡＩが、東大医科学研究所で半年間入院治療を続けても改善しない慢性骨髄性白血病患者の治療方法（抗がん剤の組み合わせ）を、わずか十分間で導き出し、それに従って治療したら患者は改善して退院したそうである。医療の世界にＡＩが進出してきたら、自分のような医者は真っ先に淘汰されてしまいそうだ。そのときは、せめて当院に通ってくるような患者様を対象に、ワトソンと二重盲検法(1)でのプラセボ(2)として使ってもらいたいものだ（注　プラセボ＝偽薬と直訳されるので、プラセボ医者は偽医者かと思われるかもしれませんが、プラセボ【placebo】は『喜ばせる』の意のラテン語 placere が語源とのことです）。

(1) 薬の効果を客観的に評価するための方法。効果を判定しようとする薬と偽薬（プラセボ）または対照薬を被検者に無作為に与え、また効きめを判断する医師にもいずれの薬であるかを伏せて使用させてテストすること。

(2) 偽薬。ある医薬品の真の効果を試験するためや、患者の気休めのために与える、乳糖など生理作用のない物質で製した薬。

続・「手首」の問題〈二〇一八年一月〉

先日、カティア・ブニアティシヴィリという女性ピアニストのリサイタルを聴いてきた。ジョージア（グルジア）出身の三十歳、超絶テクニックの持ち主であるばかりか、ヴィジュアル的にも超超魅力的な（個人的な趣味？）女性で、今、世界中の演奏会に引っ張りだこのピアニストである。彼女の演奏会に行きたいがために、他の複数の演奏会がセットになっているシリーズチケットを買ったのであるが、僕の座席がなんと最前列の真ん中なのだ。良い音を聴きたいという、音楽そのものを追求する真面目なクラシックファンは、特にオーケストラの演奏会などでは、真ん中でも後ろのほうの席を良しとする人が多いが、僕の場合はリサイタルでもオーケストラでも、できるだけ前のほう、できれば最前列の席を選ぶ。ソリストなり指揮者なりの息遣いが聞こえるくらいの距離で演奏家の表情やしぐさまでも見届けたいのである。

開演時間をやや過ぎて、舞台の左袖からアイボリーのロングドレス（背中と胸元の大きく開いた）を身にまとった生ブニアティシヴィリが登場し、聴衆に向かって一礼した後、ピアノに向かう（第一印象で、意外と上腕が太いなと思った）。そして弾き始めた一曲目がなんとベートーヴェンの熱情ソナタだ。ふつう、ピアニストが演奏会のプログラムの最後に持ってくる、技術と体力を要する難曲である。たいてい、ピアノリサイタルでは、ウォーミングアップを兼ねて軽めの曲を最初に弾くものだが、アンティパストにいきなり厚切りのステーキが出てきた感じだ。続いて、超難曲の『ドン・ジョヴァンニの回想』（リスト作曲）。ここで前半が終わり、二十分間の休憩を挟んで、後半もすべてメインディッシュ級の難曲ばかりなのだ。羽生結弦君や内村航平君に例えるなら、最初から最後まですべてウルトラE難度の構成とでも言おうか。今までにこんな凄い演奏会を聴いたことがない。聴き終わった瞬間には、こちらのほうがヘトヘトになってしまった。しかし、ただこれ見よがしに弾きまくるだけではない。ピアニッシモの繊細さも素晴らしいのである。

寺田寅彦の随筆に『「手首」の問題』というのがあるが、この演奏会を聴き終えて、このエッセイをもう一度読み返してみた。イザイ（Eugène-Auguste Ysaÿe 1858-1931ベルギーのバイオリニスト）の演奏技術にインスピレーションを得た寅彦が、バイオリニストが弓を持つ右手の、手首の柔らかさに重要な鍵があることに思い当たるのである。以下、引用する。

……イザイはこれでやすやすと驚くべき強大なよい音を出したそうである。この魔術のだいじの品玉は全くあの弓を導く右手の手首にあるらしい。手首の関節が完全に柔らかく自由な屈撓（くっとう）性を備えていて、きわめて微妙な外力の変化に対しても鋭敏にかつ規則正しく弾性的に反応するということが必要条件であるらしい。もちろんこれに関してはまだ充分に科学的な研究はできていないからあまり正確な事は言われないであろうが、しかし、いわゆるボーイング（bowing 運弓法）の秘密の最も主要な点がここにあるということだけは疑いのないことのようである。

フォルティッシモなり速いパッセージなりを弾こうと、力任せに弓を動かそうとすると手首が固くなり、楽器の弦の自然な振動を妨げ、美しい音が出せないというのだ。カティア・ブニアティシヴィリの演奏技術の秘密もあの柔軟な手首と完全なる脱力にあるはずである。少しでも力みがあったら、あのプログラムでは後半息切れしてしまって、とても最後までもたない。

ところで、寺田寅彦の「手首」に関する考察は、バイオリニストの弓を持つ右手首に関するものにとどまらない。玉突きのキューを持つ右手の手首、ゴルフのグリップ、乗馬における手綱を掻い繰る両手首……。

どうも世の中の事がなんでもかでもみんな手首の問題になって来るような気がするのであった。そう言えばすりこぎでとろろをすっているのなどを見ても、どうもやはり手首の運用で巧拙が分かれるような気がする。

そして、「心の手首」の問題へと発展するのである。

……だれであったかある学者が次のようなことを言っていた。「自然の研究者は自然をねじ伏せようとしてはいけない。自然をして自然のおもむく所におもむかしめるように導けばよい。そうして自然自身をして自然を研究させ、自然の神秘を物語らせればよい」そうしてわれわれは心を空虚にして、その自然の物語に耳を傾け、忠実なる記録を作ればよいのであろう。これを自分の現在の場合の言葉に翻訳すると、「研究の手首を柔らかくして、実験の弓で自然の弦線の自然の妙音を引き出せばよい」とも言われるであろう。

物理学者、自然科学者としての寅彦の研究に対する姿勢が表れている。そして、教育の問題にまで及ぶ。

子供を教育するのでも、同じようなことが言われる。これについては今さら言う

までもなく、すでに昔から言いふるされたことである。教育者の手首が堅くては
せっかくの上等な子供の能力の弦線も充分な自己振動を遂げることができなくて、
結局生涯本音を出さずにおしまいになるであろう。

そして最後には、一国の政治にまで展開するのである。

政治の事は自分にはわからない。しかし歴史を読んでみると、為政者が君国のために、蒼生(1)のためにその国の行政機関を運転させるには、ただその為政者たるものが誠意誠心で報国の念に燃えているというだけでは充分でないらしく思われる。いかなる赤誠(2)があっても、それがその人一人の自我に立脚したものであって、そうしてその赤誠を固執し強調するにのみ急であって、環境の趨勢や民心の流露を無視したのでは、到底その機関の円滑な運転は望まれないらしい。内閣に

(1) 多くの人々。庶民。国民。
(2) 偽りや飾りのない心。まごころ。

してもその閣僚の一人一人がいかに人間として立派な人がそろっていても、その施政方針がいかに理想的であっても、為政の手首が堅すぎては国運と民心の弦線は決して妙音を発するわけにはいかないのではないか。

ここ数週間（この原稿を書いている二〇〇七年十二月三日現在）、マスコミは大相撲九州場所前の元横綱日馬富士暴行問題で持ち切りである。相撲協会と貴乃花親方との対立について連日報道されているが、貴乃花親方は相撲協会の体質を改革したいという思いが強く、頑な態度をとっているとのことである。しかし、これなどまさに、「手首」の堅さの典型的な一例ではなかろうか。貴乃花親方が、寺田寅彦のこの文章を読んでいたら、事態はもう少し違う方向に進展したものと思う。

ところで、ブニアティシヴィリの演奏会は、聴衆の盛んな拍手に応えてリストの『メフィスト・ワルツ第一番』というこれまた技巧的な難曲をアンコールに弾いて、大興奮のうちに終わったのだが、鳴りやまぬ拍手に応えて彼女が何度もお辞儀をするたびに、超グラマラスな胸の谷間を僕に、僕一人だけに見せてくれているかのような錯覚に陥る、最前列ど真ん中というベストポジションだったのである。そして、僕は「手首」だけでなく、体中がメロメロにとろけてしまいそうなくらいに柔らかくなったのでした。

日大アメフト部問題に思う〈二〇一八年七月〉

忠犬ハチ公の悲しくも心温まるお話は多くの人の知るところであります。雨の日も風の日も、亡くなった飼い主を渋谷駅の前で待ち続ける姿は、忠義の権化であります。昭和のニッポンの修身の教科書には打って付けの題材だったのでしょう。ところが、うちのカミさんが「ハチ公はご主人様を待ってるんじゃないよ。家に帰ったら直ぐご主人がくれる、ご飯を待ってるんだよ」と言うのです。

ハチ公の名誉をぶち壊すような新解釈ですが、これには僕もまさにそのとおりだと思う節があります。我が家のワンちゃん（ミニチュアダックス十四歳♀）は、仔犬の頃にカミさんがしっかり躾けた甲斐あって、器に盛られたドッグフードを前にしても、「待て」と言われれば何分でもお座りしてじっとそのまま待っています。「よし」と言われるまで直立不動……じゃなくてお座りしたままご馳走に手（じゃなくて口？）をつけません。あるときなど、意地悪して「待て！」と言ったまま、家の中に犬を独り残してしばらく車で外出しました。三十分ほどして帰ってくると、彼女はなんとドッグフードの入った器を前にしてご馳走にはまったく手をつけずにお座りして待っているではありませんか。食べたいという欲望に必死に打ち克って身震いしながら眼で訴えかけてきます。「よし！」と言うと堰を切ったように食べ始めました。

朝は僕、晩は息子がご飯係なので、朝は僕の、夕食後は息子の一挙手一投足をよく観察しています。ご飯をもらえるタイミングをよく知っているのです。そして夕方になると、息子が帰宅するのを玄関で扉に向かってじっと座って待っています。その後ろ姿はまさにハチ公を彷彿とさせます。

犬は人間がくれるご飯を待っているのですが、人間のほうは犬が自分を待っていてくれたと勘違いしている……これ、どこかで似たような話ありませんでしたか？　そう、そう、あの財務事務次官のセクハラ辞任劇です。前述の文の「犬」を「朝日新聞女性記者」に、「人間」を「福田事務次官」に、「ご飯」を「特ダネ」に置き換えてみてください。とてもしっくりハマると思いませんか？　これを『権力者の勘違いの法則』とでも名付けましょうか。いろいろなシチュエーションにおいて成り立つ、結構普遍的な公式ではないかと我ながら悦に入っているところです。例えば「犬」を「妻」、「人間」を「夫」、「ご飯」を「お給料」にしてもOKです。いや待てよ、これは我が家においては意味を成さないなあ。なぜなら「夫」が権力者でなく、権力において「妻」≫「夫」であるからです。この公式はあくまで「x（前例の場合、犬）よりy（同、人間）が圧倒的優位な立場であること」という条件の下でしか成り立ちません。この条件下でなければ勘違いが発生しないからです。

　ところで権力者と聞いて頭に浮かぶのは、最近ではここのところ連日マスコミで騒がれている日大アメフト部の内田前監督です。理事長に次ぐ大学全体のナンバー2で、人事権まで握っていたという話です。コーチの間では「内田監督が黒と言ったら、白いものも黒なんだ」と言われていたとか……。日本の中に北朝鮮があったのかと、本当に驚きです。その内田前監督を絶対権力の座から引き摺り下ろすきっかけとなったのが、SNSで拡散し、テレビなどで繰り返し映像が流れるあの『危険タックル』のシーンです。もうかれこれ二か月になろうとしているのに、当事者である内田前監督は雲隠れしたままです（日大病院に入院しているそうですが、診断書の病名は何なんでしょう？　心身症とか鬱状態とか、その辺だろうと思うのですが、入院証明書において入院の原因となった主たる傷病名（ア）より、『アの原因』の欄に主治医が何と書くかが知りたいところです）。相手チームのクォーターバックに怪我を負わせるような悪質タックルを指示された学生が記者会見で見せた潔い態度に対して、内田前監督がコーチを伴って開いた会見での見苦しい言い訳に終始する姿はなんと対照的に映ったことでしょう。「卑怯者」という言葉がぴったりです。まさに、「小人の過つや必ず文る」です。独裁者が権力の座から転落したときに見せる、何とも落ち着かない惨めな表情には、共通するものがあります。穴の中から引き摺り出されたときのイラクのフセイン大統領や、天井に作られた隠し部屋に隠れていたところを逮捕されたオウム真理教の麻原彰晃こと松本智津夫死刑囚の顔を覚えていますか？　彼らは権力という幻の甲冑を身にまとっていたのでしょう。それを剝ぎ取られたときにその人の真の器が見て取れます。「権力欲は強さでなく弱さに根ざしている」という、ドイツの社会心理学・精神分析学者エーリッヒ・フロムの言葉を思い出します。

「権力は腐敗する」的な事例ばかりで暗澹たる気分になりますが、例外もあります。中学校の漢文の授業で習った「鼓腹撃壌」（『十八史略』）の堯帝です。古代中国の君主堯帝は、天下を治めて五十年に及びましたが、天下が治まっているのかいないのか、人民たちが自分を天子に戴くのを願っているのかいないのかわかりませんでした。側近の者や在野の賢者に尋ねても確たる回答は得られません。そこで堯帝は粗末なお忍び姿で賑やかな大通りに出かけていきました（微服して康衢に遊ぶ）。そこで一人の老人が腹鼓を打ち、大地を踏み鳴らしながら太平の世への満足の気持ちを歌うのを聞いて、自分の治世が間違っていないことを確信したというのです。まるでユートピアですね。中国にも昔はこんな聖人君子が実在したのかと思ったら、堯帝は伝説上の君主であって、神話の世界のお話です。残念。いやいや、実在した立派な国家元首がいました。英国ヴィクトリア朝時代の宰相ベンジャミン・ディズレーリです。権力について彼は次のような名言を残しています。

『権力の唯一の義務、それは国民の社会福祉を保障することだ』

国民の社会福祉に貢献せよ、と……。オトモダチに獣医学部を作ってあげたトランプのポチと言われるどこかの宰相とは違いますね。

ポチで話は戻りますが、冒頭のハチ公に対するうちのカミさんの侮辱的発言はいわれのない誹謗中傷でもないようなのです。ハチ公は本名ハチ、一九二三（大正十二）年生まれの秋田犬で、飼い主であった東京帝国大学農学部教授上野英三郎博士の死後九年間も渋谷駅に通い続けたのですが、それは駅前の屋台で貰える焼き鳥が目当てだったという説があるのです。ハチは死後、上野博士の勤務先であった東京帝国大学農学部で病理解剖されたのですが、ハチの胃の中からは焼き鳥の串が三、四本出てきたそうです（これに対する反論として、ハチの忠犬ハチ公たる証拠もいろいろと提示されています）。ハチの話をしているのか、ポチの話をしているのか、訳がわからなくなってきましたが、いずれにせよ日大アメフト部が健全な大学スポーツの姿に戻って、あの悪質タックルを強要された宮川君が、アメフトが大好きだった高校時代の気持ちを取り戻して再び仲間たちとプレーできる日が来ることを願って終わりにします。

がんを生きる――樹木希林逝く〈二〇一八年十二月〉

先日、『日日是好日』という映画を観ました。今年九月に亡くなった樹木希林さんのドキュメンタリー番組をテレビで観ていたら、その番組の中でこの映画の撮影シーンがたびたび出てきて、興味を持ったからです。というのも、すでにマスコミに公表していたとおり樹木希林さんはこのとき全身がんの末期状態で、撮影の合間合間に横になって休まずにはいられないほどの poor condition だったのです。じつは、この映画を観る少し前に、カンヌ国際映画祭で最高賞であるパルム・ドールを獲得した是枝裕和監督の『万引き家族』を観たのですが、その中での樹木希林さんの演技にたいへん感銘を受けました。彼女は役作りのために入れ歯を取って演じたのです。後に前述のドキュメンタリー番組で、「女優が入れ歯を取った顔見せるなんて、ヌードになるより恥ずかしいことよ」と語っていました。

『日日是好日』に話を戻すと、樹木希林さんはこの映画の中で「武田先生」という茶道の先生の役で、凛とした着物姿でお茶のお点前を演じています。しかし、実生活のうえでの彼女はまったく茶の湯の心得がないそうなので驚きです。これこそ本当のプロなんだなと思いました。

交友のあった諏訪中央病院名誉院長の鎌田實氏は、『週刊現代』二〇一八年十月十三日・二十日合併号（講談社）にて次のように語っています。

がんを患うと、自分を見失うことも多いのですが、希林さんはそれがなかった。治療に関しては無理をせず、放射線治療はしながら、自分がやりたい仕事を選んでいた。驚いたのは細かいことにはこだわらないこと。（二〇〇五年、乳がんの）手術のとき、（医師に乳房の全摘手術と温存手術があるが、どちらを望むかと聞かれ、）彼女は『先生はどれがやりやすいですか』と逆に質問したそうです。医師が、全摘手術がやりやすいといったら、『それでお願いします』と答えたそう

です。※（　）内著者付記

ここ一、二年で市川海老蔵夫人の小林麻央さん、『ちびまる子ちゃん』の作者さくらももこさん、そして樹木希林さんと、有名人の乳がん死が続いています。海老蔵夫人の場合は三年足らずの闘病生活の後に三十四歳という若さで亡くなりましたが、さくらももこさんは十一年、樹木希林さんも十四年近くの長い年月にわたってがんを患っていたのです。乳がんというのは一般に進行がそれほど急速ではない、むしろ緩徐でありますが、言い方を換えれば「真綿で首を絞める」が如く、じわりじわりと患者を苦しめるのです。だから、鎌田實先生の言うように自分を見失ってしまうケースが多いのは事実だと思います。「患者よ、がんと闘うな」と言った某大学病院の放射線科の先生がいましたが、人生の残された時間のすべてをがんとの戦いに……、という人と少し大げさかもしれませんが、生活の主体がやはりがん治療にシフトしてしまう人が多いのではないでしょうか。セカンドオピニオンに次ぐセカンドオピニオン（いや、サードオピニオン？）に走ったり、ネットに溢れる怪しげな民間療法にのめり込んだりする患者さんに私自身も遭遇したことがあります。

斯く言う自分も絶対に樹木希林さんのようにはなれないでしょう。だから、『万引き家族』や『日日是好日』の中のこの俳優の姿に神々しさを感じます。こういう、芸術に命を懸けるというか、自分の天職に命を燃焼し尽くした芸術家で思い出すのは、一九五〇年に三十三歳の若さでこの世を去ったルーマニアのピアニスト、ディヌ・リパッティです。夭折という言葉の代名詞とも言われる不世出の名ピアニストです。

リパッティは一九一七年、ルーマニアの首都ブカレストの裕福な家庭に生まれ、四歳で慈善演奏会に出演して作曲もするなど、幼い頃から目覚ましい才能を発揮して、十一歳ではブカレスト国立音楽大学に特別に入学を許可されましたが、幼い頃から健康にはあまり恵まれず、音楽以外の教育は家庭でブカレスト大学の教授たちから受けました。第二次大戦後、演奏家としてのリパッティの名声は世界的に急速に高まりましたが、この頃から悪性リンパ腫の徴候が現れ始めました。演奏活動はかなり制限され、病勢が次第に悪化したため、演奏も録音も行うことができなくなりました。

ところが一九五〇年五月、リウマチの特効薬として知られたコルチゾンがリパッティの不治の病にも効果があり、一時的に彼は非常に元気になりました。もちろん、それで悪性リンパ腫を治癒せしめることは不可能で、症状を一時的に緩和するだけであり、それも二か月以上続けることはできませんでした（コルチゾンを最初に発見したのはアメリカの化学者エドワード・カルビン・ケンダルで、彼は副腎皮質ホルモンの発見および構造・機能の解明による功績で、フィリップ・ショウォルター・ヘンチ、タデウシュ・ライヒスタインと共に一九五〇年にノーベル生理学・医学賞を受賞しました。もしかして、ディヌ・リパッティのラストコンサート実現に貢献したこともポイントになってるかな？）。それでも、リパッティはそれまでになく体調を回復し、一九五〇年七月上旬にジュネーヴで精力的に録音し、八月にはルツェルン音楽祭に出演してカラヤン指揮でモーツァルトのピアノ協奏曲第21番を演奏したのです。

その後、コルチゾンの治療をやめると病気は勢いをぶりかえしました。しかし、すでに死期を悟っていたリパッティは主治医の説得を振り切って、九月十六日にはスイス国境に近いフランスのブザンソンで、以前から約束していたリサイタルを行ったのであります。このリサイタルはリパッティ本人と関係者はもちろん、聴衆もまたこれが彼の最後の演奏会になることを知っていました。そして彼が最後の力を振り絞って演奏した感動的なリサイタルはライヴ録音でCD化されていますが、そのライナーノーツの中でリパッティ夫人は次のように語っています。

「あの人はすっかり衰弱して憂慮すべき状態でコンサートの夕方ブザンソンに着いたので、演奏会場のサン・デュ・パルルマン（高等裁判所ホール）へ行くのさえやっとのことでした。あの人に付き添ってきた忠実な友人である主治医がもういちど思いとどまらせようとしたほど病状は進んでいました。でも、リパッティは頑強に『僕は約束した。僕は弾かなければならない！』と繰り返すだけでした」

そして、リパッティは元気づけの注射を何本も打たれ、自動人形のように服を着替え、ホールへ連れて行ってくれる車椅子に乗り……、

「階段を上ることがあの人にはほんとうに磔刑場のようでした。あの人は息がつけなかったのですから。失神するのではないかと思ったほどでした」。そして「爆発的な喝采がホールにたどり着いたあの人を迎えました……」。

『リパッティの芸術6 ブザンソン音楽祭における最後のリサイタル』

（一九九六年 ＥＭＩミュージック・ジャパン）ライナーノーツ

「ブザンソン告別演奏会の録音に寄せて」より

もう、これを書きながら感動で眼がうるうるしてきてしまいます。実際、彼は力尽きてプログラムの最後、ショパンの十四曲のワルツの最後の一曲『第2番変イ長調』を弾くことができなかったのです。

七十五歳で逝った樹木希林さん、三十三歳の若さで惜しまれながら世を去ったディヌ・リパッティ、どちらにも共通するものがあります。生きた年月とフィールドは異なりますが、ともに死してなお燦然と輝き続けています。

最後に、我ら岐阜県（美濃国岩村藩）の生んだ偉大な儒学者佐藤一斎の言葉を二つ。

『少にして学べば則ち壮にして為す有り　壮にして学べば則ち老いて衰えず　老いて学べば則ち死して朽ちず』

（『言志晩録』六〇条）

『怠惰の冬日は何ぞ其の長きや　勉強の夏日は何ぞ其の短かきや　長短は我れに在りて日に在らず』

（『言志耋録』一三九条）

あんなに暑かった岐阜の夏もいつしか去り、もう冬。少、壮にして学ばなかった身としては今からでも長い冬の夜に書を読み、お勉強しなくては……。最後にがんになってもじたばたしないように。

【参考文献】

◇マドレーヌ・リパッティ「ブザンソン告別演奏会の録音に寄せて」、浅里公三「リパッティについて」（『リパッティの芸術6　ブザンソン音楽祭における最後のリサイタル』ライナーノーツ／一九九六年　ＥＭＩミュージック・ジャパン）

「ブレーキを踏んだが……」〈二〇一九年六月〉

最近、毎回同じように繰り返される言葉です。

「ブレーキを踏んだが、利かなかった……」

東京池袋で、八十七歳の男性が運転する乗用車が暴走し、三十一歳の母親と三歳の娘が亡くなりました。加害者が旧通産省の元官僚だったこともあり、いろいろと世間で取り沙汰されています。男性が運転していた車両のドライブレコーダーや現場周辺の防犯カメラの映像の分析から、車は急加速して時速九十キロメートル台後半まで達していたことが判明しています。そして、メーカー立ち会いによる検査の結果、車のアクセルおよびブレーキには異常がなかったことがわかっています。

池袋の事件の記憶も新しいのに、今度はパーキングから飛び出して、そのまま公園の砂場に突っ込んでいる車の映像が飛び込んできました。保育園の児童をかばおうとした保育士の女性が足を骨折しましたが、こちらの運転者は六十五歳と少し若めです。ドライブレコーダーが普及してきていますが、高齢ドライバーには運転者の足元にもＣＣＤカメラを取り付ける必要がありそうです。

加齢による身体および脳機能の衰えは避けられません。免許更新時、高齢ドライバーに認知症検査を課すようになりましたが、認知機能よりもむしろ咄嗟の身のこなしが要求される場合のほうが多いのではないでしょうか。池袋の事件以降、高齢者の免許証自主返納が、それ以前の一・五倍に増えているそうです。しかし、現代の車社会において、老いた父親から免許証を取り上げることは非常に難しいことです。それは車という足を奪うことで、生活の範囲を狭めるどころか生活そのものが成り立たなくなることもあるからです。買い物に行けない、足の悪いお婆さんを病院に連れて行けない、自分の薬をもらいにかかりつけ医のところへ行くことすらできない……。

都会は公共の交通機関が発達しているからまだしも、地方の過疎地域では車がなければ生活できないという意見があります。それは確かにそうですが、これは若い人の考えです。なぜなら、田舎より都心のほうが糖尿病患者が少ないという統計があるように、例えば東京都内で地下鉄に乗るとなると結構な距離を歩かなければならないからです。例の池袋暴走事故の八十七歳加害者男性が、両手に杖を持って覚束ない足取りで退院するシーンをご覧になりましたか？「あんな脚で車を運転するなんて」と非難するのは簡単ですが、あれでは地下鉄の駅構内を歩いたりバスの乗り降りなど到底できません。自分があの年齢になったとき、潔く免許証を自主返納しているかどうか自信がもてません。

考えようによっては矛盾した話です。足が悪いから、自分の足の代わりとなる車が必要になる。しかしその車を運転するためにアクセルやブレーキを足で操作しなければならない。認知症の場合は別として、人は脚腰から老いていきます。お年寄りは膝が痛い、正座ができない、サルコペニア(1)で布団から起き上がれない……それで京都の老舗旅館ですらベッドやテーブル席を導入する時代です。電車の運転士や飛行機の

(1) 加齢に伴う筋肉の量や筋力の減少。また、それによる身体能力の低下。

パイロットが足でアクセルやブレーキを操作しているわけではないと思いますが、車も高齢化社会に応じて革新的に進化してもいいのではないでしょうか。

ここのところメディアが一同に高齢ドライバーを目の敵にした論調で報道するものですから、我ながら珍しく（?）お年寄りに寄り添った口調になってしまいました。しかし、これには訳があります。キーワードは「あすは我が身」。私ごとですが、今から十五年前、二〇〇四年に趣味でピアノを習い始めました。動機はボケ防止（これは差別用語だそうだから、「認知症予防」に訂正します）のため。毎週のレッスンに加えて年二回、発表会のステージに立つことになりました。そのとき、中高年（五十歳過ぎ?）の女性の生徒さんが、ステージの上で演奏途中に止まってしまって、弾けなくなってしまうのを見て「なんであんなふうになっちゃうんだろう?」と思ったものです。ところが同じくらいの年齢になると、自分にもステージ上で事故が起こるようになったのです。ふだん自宅で練習しているときには間違えたこともないようなフレーズで、突然止まってしまうのです。こちらとしては「ブレーキを踏んでいないのに……」の心境で、こうなると頭の中は真っ白になり、譜面台に楽譜は置いてあってもまったく音がつかめず、しどろもどろになってしまいます。

思うにこれはやはり脳の老化に起因しているようです。聴衆を前にしたステージ上という精神的緊張のもとで、脳から前腕、指先に至る神経回路に異変が起こるのだと思います（楽器演奏における脳科学的アプローチも近年進んでおり、そのうち解明されると思いますが……）。年齢による衰えは、すべての人に平等にやって来ます。だからご高齢の患者さんが順番を呼ばれてから診察室に入ってくるまでものすごく時間がかかったり、衣服の着脱に手間取ったり、診察台の上でオムツの中がウンチまみれになっていたりしても、このおじいちゃん、おばあちゃんにも溌剌（はつらつ）とした青年時代があったのだ、あすは我が身、と思えるようになりました（僕って、結構いい人でしょ？）。

いずれにせよ、高齢ドライバーに対する世間の風当たりは強いですが、ただ彼らを非難するだけでは始まらないので、まずは将来自分が孫に（孫ができたとして）、「おじいちゃんのうんてんあぶない、めんきょ返したほうがいいよ」なんて言われないようにするにはどうすべきか考えてみました（注・高齢の親に免許証を返納させるには、孫に言わせるのがいいそうです。近頃の老人には『老いては子に従え』という諺が通用しないようで……。息子に言われると反感を覚えますが、孫に言われるとこたえるようです）。

■対策その1　筋トレをする。要は、いくつになっても自分の脚で歩ける身体でいることです。先日、諏訪中央病院名誉院長の鎌田實先生を特集したテレビ番組で、鎌田先生は「人生後半戦をより良く生きるためには『貯金より〝貯筋〟』」と言っておられました。彼はスキーが大好きで、今でも出勤前の一時間、長野のスキー場でスキーを楽しんでおられます。そして八十歳を過ぎてもスキーができるように、プロのトレーナーについて筋トレを続けているのです。

■対策その2　外へ出歩かなくても楽しめる「趣味人」となる。お金をかけず、一人で何時間でも夢中になれる良い趣味をもつことです。落語に出てくるご隠居みたいに家に居ながらにして読書や音楽に興じ、どこかの若旦那や八つぁん、ごくたまになら定吉みたいな人たちが訪ねてきてくれれば幸せです（「朋(とも)有り遠方より来(きた)る、亦楽しからずや」の境地ですな）。

■対策その3 車に頼らない生活を心がける。何よりこれが一番大切ですが、ともすれば我々現代人は、雨が降っているからという理由で、ほんの数百メートル先のコンビニに車で出かけたりします。通勤に、旅行に、そして名古屋から九州に帰省するにも車で移動します。それも何十キロもの渋滞に巻き込まれて。その点、私はどちらかといえば脱自動車派です。自家用車は四年半で一万四千キロメートルしか乗ってないし、旅行はだんぜん鉄旅派です。ぼうっと車窓を眺めていなきゃ旅した気分になれません。最近は名古屋―京都間が新幹線でたったの三十六分であることに戸惑いを感じています。缶ビールを飲みながらお弁当を食べようとしたら、もう京都に着いてしまうではありませんか。これではもう通勤圏と変わりません。

ということで、自分は間違っても将来、例の池袋暴走事故の八十七歳高齢ドライバーのようにはならないつもりでいますが、ちなみにゴルフ場では、ティーショットでチョロしてほんの三十ヤードしか飛んでいないのに、ちゃっかりカートに乗るタイプです。

求む、肉食系〈二〇一九年十二月〉

うちのクリニックの近くに住む満九十歳になる患者さん（オジイさん）が最近デイサービスに通いだして、こざっぱりと身なりも綺麗に表情も生き生きとしてきたように感じます。一年半ほど前に奥さんに先立たれてからは、脊柱管狭窄症のために痛い右脚を引きずって、何日もお風呂に入っていないような下着を着て通院していました。そのジイさんが診察室から退室すると、次に呼ぶ患者さんのためにスタッフは大慌てで窓を開けて換気し、部屋中に消臭剤をスプレーしなければならないほどでした。家の中では、付き添ってくるお嫁さんも手を焼く頑固者で、息子夫婦がデイサービスの利用をどんなに勧めても「ワシはそんな所に行かん！」とまったく聞く耳を持たなかったのですが、あるとき一度、お試しで施設に行ってみたら気に入ったそうです。

「今では週に三回デイサービスに行ってくれるから助かります」とお嫁さんが喜んで話してくれました。「あの頑固者の○○さんが喜んでデイサービスに通うなんて、どういう風の吹き回しでしょうね」とスタッフたちも不思議がっていたのですが……。その答えをひょんなことから知ることができました。

毎年十一月の半ばに町内会で秋葉神社という火の神様を祀る行事があります。その夜の酒宴の席で隣に居合わせた○○さんの息子さんが教えてくれたのです。「○○さんのオジイさん、最近元気になられましたねえ。デイサービスにもちゃんと行かれるそうじゃないですか」と僕が持ちかけると、息子さんはニヤニヤしながら「コレコレ」と、左手の小指を立てて示すではありませんか。デイサービスの利用者は圧倒的に女性が多いから男性である○○さんがモテるのだそうです。施設からの帰り際におばあさんたちから「○○さん、また来てねー♥」と黄色い声で見送られるのだとか……。この頃ではデイサービスのお迎えが来る前に、自分から玄関先の階段を降りて下に座って待っているそうです。「この前、デイに行く日じゃないのに親父が階段の下に一人座ってじいっと待っているから、『オイオイ今日は違うよ』って（笑）」。さらに息子さんが続けて教えてくれます。「先日郵便局（ゆうちょ銀行）へ行ったら係の人が『お父様、昨日いらっしゃいましたよ。最近よくいらっしゃいます』って言うのよォ。何にそんなにお金がいるんだろうねえ（笑）。ついこの前までは脚が痛くて、先生んとこのクリニックに行くにもヒーヒー言ってたのに……。その三倍も遠い、橋向こうの郵便局までせっせと歩いて行くんだからねえ」。息子さんもわかっているみたいでしたが、やはり陰に女あり、のようです。

戦後ニッポンの経済成長を担ってきた昭和男児はいくつになっても逞しいようですが、平成の男子はかなり変わってしまった感があります。ある公立病院の副院長職にある同級生が、最近の若手医師の草食系ぶりを嘆いていました。別に社内恋愛を奨励するわけではありませんが、彼としてはいい年をした部下がぽつねんといつまでも独り身でいるのも気にかかるし、職場の活性化に一役買おうと、若手医師や女性スタッフを連れ立って飲み会をたまに企画するのだそうです。ところが、若い独身男性たちはスーッと早めに帰ってしまうとのこと。最後に女子ばかりが残って、しんみりお開きになるそうな。某医科大学で教授をしているもう一人の同級生はこうも言っています。「この前、医局の若いヤツに今度の研究会に出席するように言ったら、『その日はダメです』って言うから、何かあるのかって聞いたら『その日は両親と食事に出かけることになってるんで……』だとさ⁉」。教授の命令に公然とノーと言えるのもすごいけれど、その理由のなんとも内向きなのには驚いてしまいました。

全国的に草食系男子が増殖中と聞きます。恋愛に「積極的」でない、「肉」欲に淡々とした「草食男子」のことを早稲田大学人間科学部の森岡正博教授は、著書『草食系男子の恋愛学』(二〇一五年 KADOKAWA)で、「心が優しく、男性らしさに縛られておらず、恋愛にガツガツせず、傷ついたり傷つけたりすることが苦手な男子のこと」と定義しています。なんか草食系ばかりになったら世界が平和になるような気にさせますが、そうも言っていられないようです。草食系男子の血中テストステロン(1)値を測定したら、LOH症候群(加齢男性性腺機能低下症候群)の診断基準を満たすほどに低下していたという報告があるのです。要するに、草食系男子の増殖は

---

(1) 男性ホルモンのうち、最も強い作用をもつ物質。主として精巣で合成され、第二次性徴の発現、タンパク質同化などの作用をもつ。また、筋肉の増加作用がある。

少子化とリンクしているわけです。考えてみれば当たり前のことです。リアルな女性との恋愛（プラトニックな愛じゃないですよ、ここでは。睦まじき愛の営みに発展するような恋愛です）を避けて、アニメやゲームの世界を好むのですから。これは我が国にとって由由しき問題です。８０５０問題なんかよりももっと重大だと思います。８０５０ももちろん大きな社会問題ではありますが、少子化問題を根っことすればその枝葉にすぎないと思います。

元米国務長官コリン・パウエル氏が二〇一二年に来日したとき、すでに次のようなことを言っています。（日本が進むべき道について記者から問われて）

弱くてもささやかな幸せで満足する、つまり低いレベルの成功で満足することを望んではならない。若い人たちは、国が抱えている問題がなんであるかということを認識した上で、前進しないといけない。漫画を読んでメールばかり、そんなことだけしていてはならない。若者を草食系にさせておく余裕は日本にはないはず。日本の若者には強くなってもらわないといけない。筋肉を鍛えてもらわないといけない。たんぱく質をとり、訓練して力をつけてほしい。若い人たちが明日に向かって最善を尽くし、（少子高齢化という）問題を解決していくことが大事です。日本の将来を決めるのは若者たちなのです。（朝日新聞デジタル二〇一二年十二月十一日付より引用）

コリン・パウエル氏に叱咤激励されねばならない日本の現状を思うと少し寂しくなってきましたから、ここで気分転換にクイズを一つ。『次に述べる数字は何を表しているでしょうか？　640・231・100・91・1003』。ちょっとむずかしいかな。ではヒント。『640人（伊）・231人（独）・100人（仏）・91人（トルコ）・1003人（スペイン）』。オペラ通ならもうおわかりでしょうね。モーツァルトのオペラ『ドン・ジョバンニ』の中で、女たらしの主役ドン・ジョバンニの従者レポレッロが歌うアリア『カタログの歌』に出てくる数字で、主人がそれぞれの国でモノにした女性の数を述べています（カタログとは文字どおり記録簿のことで、女の名前が延々と列記してあるのです）。「村娘やメイド、伯爵夫人に公爵夫人。金髪に黒髪、太った女に痩せた女、年取った女も口説きます。関係ないのです、金持ちでも、醜くても美しくても……スカートさえはいていれば。あなたも知っているでしょう？　あのお方がなさることを」と、主人の猟色家ぶりを捨てられた女性に暴露しているシーンです。ドン・ジョバンニを地で行ってしまったわけではないですが、世界三大テノールで有名なプラシド・ドミンゴ氏がセクハラで訴えられました。もう彼も七十八歳です。やはりこの世代の男は元気なんでしょうね。２０２０東京五輪・パラリンピックの公式プログラムに出演予定だったのですが、キャンセルとなりました。

ところで、このドン・ジョバンニ、こんなに多くの女たちを慰みモノにしてきたにもかかわらず、最後まで女たちからは愛され続けて死んでいくのです。なんか不公平だと思いませんか？　やっぱり男は肉食系でなければ、ということでしょうか。研修医の頃、公私ともに師と仰ぐ上司に「男はスケベでなくてはいかん」と教えられたことを思い出します（もちろんいい意味での助平です。スケベにいい悪いがあるかって？　あるのです）。

蛇足ですがオペラ『ドン・ジョバンニ』の中で僕が一番好きな曲は、第一幕の『奥様、お手をどうぞ』という二重唱です。甘美でとろけそうなメロディーです。冬の夜、大切なひととのデートシーンで、あるいは夫婦の寝室で、ＢＧＭとして流してみてください。睦まじき愛の営みへと誘われること間違いなしです。

クルーズ船　新型コロナ　志村けん（詠み人知らず）〈二〇二〇年六月〉

もうかれこれ四、五か月の間、世界中が「新型コロナ」一色であります。連日、クルーズ船に閉じ込められた乗客に関する報道が繰り返されていたことが遠い昔のことのように思われます。「屋形船」のことなんて忘れかけていました。国内初の新型肺炎による死者が出たのが二月十三日。それでもまだ人ごとだと思っていました。三月二日から全国の小中学校、高校が一斉休校となりました。イタリアの医療崩壊が報じられたのが三月半ば。三月下旬になっても「東京五輪どうなる？」なんて文字が新聞雑誌に躍り、まだ悠長なことを言っておりましたが……。三月三十日午後、タレント志村けんさんの訃報に触れ、意識が変わりました。日本中に衝撃が走りました。三月十七日に全身倦怠感を訴えてから四日後の三月二十一日には人工呼吸器装着、そして

クルーズ船　新型コロナ　志村けん（詠み人知らず）〈二〇二〇年六月〉

三月二十四日にはついにECMO（体外式模型人工肺）へ。その急速な進行を知って初めて、新型コロナウイルスの脅威に私個人としては認識を新たにしたのであります。

そして四月二十三日、俳優の岡江久美子さんの新型コロナ肺炎での死亡が報じられ、再び志村けんのときと同じくらいの衝撃を感じました。このときには志村けんは、私の中ではもうすでに過去になりかけていたのです。人の噂も七十五日と言いますが、僕の記憶はひと月足らずといったところでしょうか。もちろん事実そのものはまだ記憶していますが、意識の中でフェードアウトしつつあったのです。どこかの経済再生担当大臣のおっしゃる「気の緩み」ですかね？

ステイホームの号令のもと、ゴールデンウィーク中の巣ごもりに備えてネットショップでダニエル・デフォー著『ペスト』を買いました。故きを温ねて新型、じゃなくて新しきを知ろう、なーんて高尚な目標を立てたわけであります。ちなみに著者のデフォーはあの『ロビンソン・クルーソー』の作者として有名です。一六六五年のロンドンにおけるペスト大流行の記録ですが、今回の新型コロナウイルスによるパンデミックと驚くほど状況が似ています。未知の病原菌を前にして（もちろん十七世紀のこの時代に、細菌やウイルスの存在はまだ知られていません）、疫病の蔓延を阻止するためにできることは、病人を隔離することだけです。一六六五年のロンドンの人口は約四十六万人と推定されていますが、ペストによる死亡者数は約七万五千人と推計されています。東京都二十三区の人口約一千万に換算するとそのうちの約百六十万人が死んだことになり、災厄の規模としては比べ物になりませんが……。

我が国の新型コロナ対策においてＰＣＲ検査を巡っては当初から混乱がありました。他国に比して我が国のＰＣＲ検査数の少なさは群を抜いています。ＰＣＲ検査を増やせば軽症患者が入院ベッドを占め、やがては医療崩壊につながるといった尤もらしい説が今ひとつ腑に落ちない理屈がまかり通ってきました。が、保健所から自宅待機を指示された男性が自宅で死亡していて、死後のＰＣＲ検査で陽性が判明したり、路上に心肺停止状態で倒れていた男性が搬送先で死亡確認後、新型コロナ肺炎と診断されたりといったケースが見られるようになり、ようやくＰＣＲ検査を増やす方向に方針転換しました。このことについては三百年も前にデフォーがすでに次のようなことを書いています。

――後人の考察に資するために、人から人へ病気がどういうふうにして感染してゆくか、その経路についてもう少し述べておくべきであろうと思う。つまり、病気が直接に健康な人にうつってゆくのは、けっして病人からばかりでなく、また健康人からでもあるということを言いたいのである。もっとはっきり説明すると、私がここで病人というのは、病気に冒されていることが明らかに認められ、病床につき、治療をうけ、あるいは体に腫脹や腫瘍の徴候その他がすでに現れている者の謂（いい）である。こういった連中は、病床についているか、とても隠しおおせない状態なので、誰でも容易に警戒することができる。

　ところで健康人だが、私がここでいう意味は、病毒は受けている、実際に体にもっている、血の中にもっている、しかも顔には何の徴候も示してはいない、いや、自分でも病気のことに気がついていない、何日間も気がついていない――そういう人間の謂（いい）である。こういう連中は、あらゆる場所で、また行き合うあらゆる人に向かって、いわば死の息を吹きかけているのである。いや、そのまとっている衣服自体に病毒がうようよしている。その手は、その触れるあらゆるものに病毒をうつしている。とくに、彼らが熱っぽく汗じみている時は、それがひどいのである。彼らが汗をかくのは一般的な現象なのである。
ところで、こういう連中を見分けることは不可能であった。のみならず、今もいうとおり、自分でも病気に感染していることに気づいてはいなかった。往来でしばしば急に倒れて気絶するというのはじつにこの連中であった。……（中略）危険なのはこういう連中だったのである。ほんとうに健康な人々が恐れなければならないのはじつにこの種の人間であった。しかし、それにしても、どうやったらその見分けがつくのかだれにもわからなかった。

（ダニエル・デフォー著、平井正穂訳『ペスト』二〇〇九年 中央公論新社）

新型コロナウイルスに感染した場合、発症前二日間のウイルス排出量が最も多いことがわかってきました。まさしくデフォーが述べているように、発症前の健常者も含めて幅広くＰＣＲ検査を実施して感染者を洗い出して隔離しない限り、感染症を抑え込むことはできないはずです。極端なことを言えば、全例ＰＣＲ検査を実施し、陽性者をすべて隔離すれば（ただしＰＣＲ検査において偽陰性例がないと仮定して）たちまちに終息するのではないでしょうか。

ＰＣＲ検査に限らず、グローバルスタンダードが叫ばれる現代において、今回の新型コロナパンデミックにおける世界各国の対応がなぜこうもバラバラなのか不思議に感じます。当初イギリスやスウェーデンは国民の多くが感染して集団免疫が得られるのを待つ作戦でしたが、スウェーデンの死亡率は北欧諸国の中でダントツに高くなっています。二〇一五年にＭＥＲＳの流行を経験した韓国はドライブスルー形式でＰＣＲ検査数を増やし、サムスンの宿泊施設を国が借り上げて陽性者を二週間隔離するなど、新型コロナ対策の優等生と言われています。米国は最初トランプ大統領が楽観的に構えていたせいか、世界最大の感染国となり死者も十万人に迫ろうとしています。大統領が新型コロナウイルスを「単なる風邪だ」と言い放ち、感染対策より経済を優先してきたブラジルは、感染者数でスペイン、イタリアそして英国を抜き、世界第三位に躍り出ました（五月二十日現在）。我が国はといえば、当初から保健所主導のクラスター潰し作戦を続けてきましたが感染ルート不明者は増えるばかりで、躊躇した挙げ句、四月七日にようやく緊急事態宣言発令となりました。このような国家の非常事態に直面したときにこそ真のリーダーの資質がわかるもので、国民に向かってまっすぐ前を見据えてスピーチするドイツのメルケル首相やイタリアのコンテ首相が頼もしく映ったものです。

新型コロナウイルスの性質自体が解明されていないことも状況を複雑にしています。感染者の八〇パーセントは軽症あるいは無症状に経過するが、二〇パーセントは入院が必要で一〇パーセントが重症化する、と当初から言われていました。そして人々はこの一〇パーセントのために恐れおののき、時に過剰に反応するのです。電車の中でマスクをしていない乗客がいるからと非常停止ボタンを押した客がいました。医療従事者およびその家族に対する誹謗中傷、ＳＮＳでの拡散。看護師の子どもが保育所への通所を拒否されるケースもありました。ゴールデンウィーク中、県をまたいでの移動自粛が要請されると、県外ナンバーの車に対してキズをつけるなどの嫌がらせが増えたとか……。免疫系の暴走―サイトカイン・ストームが、人間社会の中でも起こっているような感じです。

デフォーは『ペスト』の中で、ロンドンから逃げてきた人たちに対する田舎の住民たちの無慈悲な仕打ちについて書いています。感染を逃れて着の身着のまま逃げ出してきた哀れな市民たちは、結局虐待されて再びロンドンへ追い返されたのでした。その途中で飢えて野垂れ死ぬ者も多数いました。新型コロナウイルスは短期間に変異しているようですが、人間の本質は十七世紀からまったく変わっていないようです。忘れていけないのは、中国武漢からの帰国者が一時隔離されていた埼玉県和光市の施設で、対応に追われていた若い警視庁職員が飛び降り自殺したことです。帰国者たちから苛烈な怒号を浴びせられて疲れ切ってしまったのです。二月一日朝のことでした。新型コロナウイルスによる我が国最初の死者が出たのが二月十三日と言いましたが、彼こそが今回のコロナ禍の最初の犠牲者です。

主治医じゃなくてご主人意見書——要支援1？〈二〇二〇年十一月〉

最近、我が家の家族の一員が認知症になりました。名前はキャンディー、雌のミニチュアダックスで、この十一月には十六歳半になります。長女の満八歳の誕生日プレゼントとして我が家に生後二か月のときにやってきました。「親バカ」と言われるかもしれませんが、美人で、聡明で、性格がいいときている。これは客観的事実なのであります。クリーム（淡いミルクティー色）のストレートヘアで、若い頃の仲間由紀恵さんそっくりでした（ちょっとたとえが古いですが……）。たまに外へ散歩に連れ出すと、すれ違いざまに女子高生たちが声を揃えて「可愛い～！」と黄色い声を上げたものです。

最初が肝心ということで、うちのカミさんがトイレトレーニングをしっかり躾けたので、絶対にトイレシートの上にしかウンチとオシッコをしませんでした（深窓の令嬢なので、というかまったくの室内犬として飼ったので、外でウンチをすることはまりありませんでした）。可哀想だからという理由で避妊手術をしませんでしたが、晩年になるまで大きな病気もなく、ダックスフントに多い椎間板ヘルニアも、二、三回腰を痛めたことはありましたがすぐに回復し、美人薄命と言いますが、我が家のキャンディーに限ってはおおむね健康で長生きだったわけであります。

それがここ三年の間に全身麻酔の手術を三回受けることになりました。二回の抜歯術と開腹手術です。

十歳を過ぎた頃から口臭が気になるようになりました。歯が痛いような素振りを見せるようになり、獣医のところへ連れて行くと歯周病とのことで抗生剤と鎮痛剤を処方されました。一週間ほど内服させると症状は治まりました。それが数か月すると再燃し、その間隔がだんだんと短くなってゆきます。歯磨きを指導されて歯ブラシとチューブを買いましたが、嫌がって歯磨きなどさせてくれません。「根本的に治すためには抜歯手術しかなく、そのためには全身麻酔が必要だが、この子はもう年だからリスクが高い」とのムンテラ(1)を受けました。

あるとき、また歯が痛くて元気をなくしているキャンディーを連れて受診したカミさんが、「口の中を診察もせずに薬だけ出された」とぷりぷりしながら帰ってきました。そこでセカンドオピニオンを求めたのですが、今度の獣医さんは、歯石が相当酷くて歯肉炎を起こしているキャンディーの歯茎を診ながら、「抜歯術が必要です。全麻のリスクは千例に一、二例です」と頼もしいお言葉。お医者さんもいろいろですね。そして全身麻酔下に歯を二十二本も抜いて、すっかり元気になり口臭も消えたのでした。

二回目の手術は子宮蓄膿症という高齢の未経産の犬に多い病気に対して準緊急で卵巣子宮全摘術を受けたとき、そして三回目はいったん良くなった歯周病が残存する歯に再燃してまた十数本抜いたときです(ちなみに成犬には歯が四十二本あるそうです)。

---

(1)「口の治療」を意味するドイツ語の Mundtherapie(ムント・テラピー)を略した和製語で、患者への病状説明の意味で使われたが、今日ではIC(インフォームド・コンセント)が使われる。

そして再び元気を取り戻したのですが、今年の初め頃からわずかに残る歯のために歯周炎が再々発したのです。ルイ14世が、侍医アントワーヌ・ダカン（一六二九～一六九六）の「歯はすべての病気の温床である」という説に基づき、十二回に及ぶ手術の末にすべての歯を抜去されたという話を思い出します。しかし当時はまだ麻酔のない時代で、すべて無麻酔でペンチのような道具を使って抜去され、抜歯後の歯茎を真っ赤に焼けた鉄棒で焼灼消毒されたのです。太陽王とまで呼ばれた絶対君主より、キャンディーのほうがまだ幸せではありますが……。さすがに十六歳の老犬に対して、新しい主治医先生も積極的には手術を勧めませんでした。症状が悪化するたびに内服の抗生剤による保存的治療で急場をしのいでいますが、歯が少なくなったせいか、以前のような重症の歯周炎にはならずに済んでいます。

あるときこの獣医の先生と話している最中に、事もあろうに診察台の上でキャンディーが、お嬢様だったはずのキャンディーがウンチをし始めたのです。その先生は慣れた手つきでコロンと出たそのひとかけらをペーパーに包んで処理しながら、愛犬に向かってお小言を言っている僕に「これはメッセージ性のウンチですね」とおっしゃるのです。ウンチにメッセージが込められているなんて、このとき初めて聞きました。

その後、たびたび我が家のリビングや廊下のフローリングの上にウンチをしてしまうようになりました。僕の観察によるとどうも、がっかりしたとき、期待はずれで残念な気分のときにウンチが出てしまうのではないかと思います。買い物籠を抱えながら帰ってきたカミさんが暗がりのフローリングの上に放置されたウンチを踏んづけてしまったこともありました。最近ではウンチだけでなくオシッコまで辺り構わずしてしまうようになって、キャンディーのシモの世話に疲れたカミさんは「もう、この婆さん、施設に送りたいわ」と言い出す始末。僕はカミさんに「近い将来必要になるであろう、うちのオフクロさんの介護の予行練習だと思って……。明日は我が身ってこともあるし……」となだめるしかありません。

排泄のトラブル以外にも認知症の周辺症状[2]を疑う症状がいくつかあります（獣医

(2) 認知症患者に普遍的にみられる記憶障害や認知機能障害に対して、患者によって出たり出なかったりする症状のこと。幻覚、妄想、徘徊、異常な食行動（異食症）、睡眠障害、抑うつと不安、焦燥、暴言・暴力（咬みつく）、性的羞恥心の低下（異性への卑猥な発言の頻出など）など。

学のことはまったくの素人ですから、見当違いのことを言っていたらご教示ください）。

①多動　最近やたらと、ソファや座布団、寝床として与えてあるタオルケットなどの表面を前足で掘り掘りする行為が目立ちます。何分間でもやり続けています。昔、上野動物園で、幅の狭い岩場の通路を延々と行ったり来たりしているシロクマを見たことがありますが、同じ行為を繰り返すあのシロクマは絶対にビョーキだと思いました。それともミニチュアダックスはウサギ猟のために改良された犬種だそうだから、穴の中のウサギを捕えようとＤＮＡに刷り込まれた本能が発現しているのでしょうか？　いずれにせよ認知症では、最近のことは忘れても遠い過去の記憶は最後まで残るんですよね。

②易怒性　こういう言葉があるか知りませんが、要は怒りっぽくなることです。お腹を見せる、ワンコのいわゆる「降参ポーズ」をしているとき、そのお腹を上下にグイグイっと押さえつけても、以前のキャンディーは「このひと、何するんだろう？」と目をパチクリさせるだけで耐えていました。しかしその行為を十回以上も繰り返すと、さすがにお淑（しと）やかなキャンディーも歯を剝き出して鼻筋にシワを寄せ

る、あのオオカミが怒った顔になるのです。やっぱりオオカミのＤＮＡを受け継いでいるんだなと思いましたが、逆を言えばそこまでしないと（※これは虐待ではありません。人間と犬がじゃれ合っているだけです）オオカミの顔にはならなかったものが、最近ではカミさんがキャンディーの鼻先に向かって、爪を立てるようないわゆる「ガオーッ」のポーズを見せると、瞬時に怒ったオオカミ顔になってしまうのです。これは怒っているのではなく、ほとんど「反射」かもしれませんが……。

③徘徊　意味もなく歩き回ります。いや、カノジョにとっては意味があるのかもしれません。歩き回るというか、ふと、廊下へ出て行って、誰もいない玄関や暗いガレージへの通路に座って誰かを待っているような様子です。我々家族が食卓にいることを認識できないのか、それとも廊下の向こうに誰かの姿が見えるのか……（ひょっとしてレビー小体型[3]？）。

こういった認知症の症状以前に、もちろん加齢による身体的衰えもあります。この

---

(3) レビー小体型認知症。認知症の一つで、アルツハイマー型認知症についで多い。幻視が特徴的な症状である。

一年でかなり聴力、視力が落ちました。白内障のようですが、今では五十センチ先もはっきり見えないみたいだし、耳は本当に悪くなって、すぐ後ろでパチンパチンと手を叩いても、「どこで鳴ってるんだ？」と言うような顔をして首を傾げています。脚腰の衰えも顕著で、ワンコがよくする水を振り払うような「ブルンブルン動作」で後ろ足がよろけて尻餅をついたりしています。人間、脚腰から老いると言いますが、ワンコも同じみたいです。ただ嗅覚はまだ健在のようで、たとえば以前なら玄関に宅配業者のオジサンが入ってきたらすぐに気配を察知して、ワンワンワンワン！と番犬の本領を発揮して不審者に突進して行ったものですが、今ではカミさんがお届け物を受け取って、オジサンを送り出して玄関の扉を閉めてしばらくしてから、ワンワンワンワン！と誰もいない玄関へ走っていきます。物音は聞こえないけど、オジサンのにおいが風に乗って漂ってくる、それに反応しているんでしょう。

近年、アルツハイマー型認知症と歯周病の関連が注目されています。これまで脳内で産生、蓄積すると考えられていたアルツハイマー型認知症の老人斑主成分であるアミロイドβが、歯周病患者の歯茎で産生されていることを昨年（二〇二〇年）、九州大学の研究グループが発見しました。歯周病菌の代表であるジンジバリス菌というグラム陰性嫌気性桿菌が関与しているそうです。今さらながら、ルイ14世の侍医は先見の明があったなと思えなくもないですね。

ところで我が家のキャンディーですが、秋も深まってきて、夜寒々としたケージの中でひとり寝るのは寂しいだろうと、寝室に連れてきて一緒に寝ることにしました。僕の掛け布団の上にタオルケットを敷いてその上の足元のほうに乗せてやったら、最初しばらく掘り掘りしていましたがじきに寝入り、昼夜逆転も夜間徘徊もなく、朝までぐっすり眠りました。そしてなんと、オシモの粗相の頻度がぐーんと減ったのです。やはり『寄り添う』ことが大切なのでしょうか？

◆主治医意見書・・・造語である「ご主人意見書」の基の語。介護保険において、主治医が申請者（患者）の疾病や負傷の状況などについての意見を記載した書式で、要介護認定を行う際の審査判定の資料として用いられる。

失言と名言の間〈二〇二一年五月〉

私事ですが、「世の中には、言っていいことと悪いことがある」という世間の常識に、今ひとつしっくりこない感じを抱いてきました。言ってはいけないことというのは、往々にして真実を語っていることが多いのです。

真実を言って何が悪いのか？　きっと、言われた相手を怒らせるか傷つけるからでしょう。言わないでおいたほうが得策だ、というような保身術に思えて仕方がないのです。

「世の中には、言っていいことと（心の中で思っていても口に出して言っては）いけないことがある」ということなんでしょうが、昔から心の中で思ったことがすぐ口に出てしまう性格で、言ったあとになって、「あっ、言ってはいけないことだったんだな」と気づくことがしばしばです。抑制が利かない、前頭側頭型認知症(1)の始まりでしょうか？　この「言ってはいけないこと」を言ってしまうことを世間では失言と呼びますが、広辞苑でも失言を「言ってはいけないことを、不注意で言ってしまうこと」と定義していて、「間違ったことを言うこと」とは書いてありません。

二月三日、日本オリンピック委員会（ＪＯＣ）の臨時評議員会での森喜朗東京五輪組織委員会会長のいわゆる「女性蔑視発言」は世界中で大きなニュースとなりました。ニューヨーク・タイムズやワシントン・ポストといった海外のメディアのみならず、トヨタ自動車やＪＲ東日本などの東京オリンピックスポンサー各社からも批判や遺憾のコメントが相次ぎました。大会ボランティアや聖火ランナーを辞退する動きまで出てきて、とうとう二月十二日、森会長は辞任を表明することになりました。本人は「私自身は女性を蔑視する気持ちは毛頭ない」と本発言に対して言われている事を否

---

(1) 認知症の一つで、アルツハイマー型認知症などに比べて割合は少ない。初期段階では認知機能は比較的保たれており、人格と行動の変化が特徴的である。失礼な発言をしたり暴力的になったりするなど自制力が低下し、感情を抑制したり行動を制御したりすることができなくなる。

定しており、「解釈の仕方だと思う。そういう（女性蔑視の）意図で言ったわけではない。多少意図的な報道があったと思う」とメディアのあり方に苦言を呈していますﾞ（東京新聞 二〇二一年二月十一日付より）。

森さんは「女性蔑視発言」で辞任に追い込まれましたが、数多くの失言にもかかわらず、その地位を辞する必要もなく天寿を全うした方がおられます。去る四月九日に九十九歳でこの世を去った、英国エリザベス女王の夫フィリップ殿下です。ネットで検索すると、出るわ出るわ失言の数々……。でも、殿下の率直さと冗談好きな性格に微笑ましささえ感じて、ついクスクスッと笑ってしまうのです。以下にいくつかご紹介します。

●一九六五年、エチオピアで最古とされている芸術作品を鑑賞した際に、「我が娘が学校の美術の授業から持ち帰ったもののように見えますな」

●一九六六年、スコットランドの女性研究員に、「英国人女性は料理ができません」

●一九八四年、ケニア訪問時、現地人女性から贈り物をもらって、「あなたは女性ですよね？」

●一九八七年、著書の序文で、「生まれ変わったら、死のウイルスになって人口問題を解決させたい」（※三十年以上前の発言であり、今回のコロナ禍第四波における英国変異株はフィリップ殿下ご逝去より前に発生しております。悪しからず）

●一九九二年、オーストラリアでコアラを撫でるよう頼まれたとき、「おお嫌だ！酷い病気になるかもしれないじゃないか」

●一九九八年、パプアニューギニアでトレッキングをしていたという学生に対して、「つまり、あなたは食べられないで済んだわけだね」

●二〇〇一年、宇宙飛行士になりたいという夢を語る十三歳の少年に、「君は太りすぎてるから宇宙飛行士になれないよ」

●二〇〇二年、オーストラリア訪問中に、先住民アボリジニに対して、「今でも、やりを投げあっているの？」

●二〇〇二年、ルイス島ストーノーウェイで防弾チョッキを着用した女性警察官に対して、「君は自爆テロの犯人みたいだね」

●二〇一〇年、エディンバラでタータンチェックの生地を見ながら、スコットランド議会の女性議員に、「君はこの生地でできたショーツを持ってるの？」

●二〇一〇年、ナイトクラブでアルバイトをしている女性の海軍士官候補生に、「君はストリップクラブで働いてるの？」

●二〇一三年、パキスタンで女子教育の権利を訴えイスラム武装勢力タリバンに銃撃された、十六歳のマララ・ユスフザイがバッキンガム宮殿に招かれて学校教育の重要性を説いた自著を女王夫妻に手渡した際の返答。「イギリスでは、親が子どもを学校に行かせるのは家に居て欲しくないからだよ」マララさんは笑いをこらえようと手で顔を覆っていました。

フィリップ殿下の失言の中で最も有名なのが一九八六年十月、中国を訪問した際に西安文理学院でエディンバラ大学からの留学生たちと対面したときのものです。殿下は「ずっとここ（中国）にいたら、君たちみんな目が細くなってしまうよ」と発言したと報じられました。しかし、この報道には見過ごされている事実があったのです。

殿下の発言の背景には中国の言い習わしがあったのですが、それが報じられなかったのです。中国の若者は年長者から冗談で、西洋に長く滞在して「丸い目」にならないようにと言われるそうです。中国人らしさを失う前に帰ってくるようにという意味が込められています。この殿下の発言は、英国で大いに批判されて騒動を引き起こしましたが、中国ではそうならなかったそうです。英紙タイムズの王室担当記者アラン・ハミルトン氏は、「殿下の冗談に腹を立てるのは冗談を言われた相手ではなく、殿下を恥ずかしい時代錯誤の存在とみなす中流階級のコメンテーターだ」と指摘しています（JIJI.COM 二〇二一年四月十四日付より）。

思うに、多くの要人は失言を発するのではなく、メディアによって失言に仕立て上げられてしまうことが少なくありません。森さんの「女性蔑視発言」も、女性理事の数だけを増やせばいいというのは考えものだという趣旨が消されて、「（女性の）発言時間を規制する」という他人の言葉から引用した部分が、森さん自身の言葉のように報道された結果のようです。その後のマスコミの半ばヒステリックとも言える森さん叩きは、皆さんご存じのとおりです。ホワイトハウスのジェン・サキ報道官が毅然とした表情で「容認できない」とコメントしたことが欧米諸国のスタンスを象徴しています。

森さんを擁護するわけではありませんが、僕の座右の書である『故事ことわざ辞典』に「女三人寄れば姦しい」というのがありました。「姦しい」という漢字の成り立ちそのものです。ついでに、偉人の名言集からいくつか挙げておきましょう。

●「女はバラのようなもので、ひとたび美しく花開いたらそれは散る時である」（シェイクスピア）

●「二人の女を和合させるよりも寧ろ全ヨーロッパを和合させる方が容易であろう」（ルイ14世）

●「女子と小人は養いがたし。近づければ不遜、遠ざければすなわち恨む」（孔子）

（「座右の銘」研究会著『座右の銘――意義ある人生のために』二〇〇九年　里文出版）

これらの言葉は時代を越えて生き続けている名言格言であり、一つの（とあえて付け加えておきます。あとで発言を撤回しなくてもいいように）真理を言い当てていま
す。

ところで、七十四年間の長きにわたる幸せな結婚生活を送ったフィリップ殿下ですが、その秘訣を問われて、「いちばん大事なのは寛容。女王陛下はこれをたっぷりと持っている」と答えています（FIGARO.jp 二〇二一年四月十日付より）。今のこの不寛容の時代にシェイクスピアが現れたら、失言の責任をとってグローブ座の座長を辞任することになったでしょう。

豊かさの中で……〈二〇二一年十一月〉

先日、中日新聞に世界一貧乏な大統領として日本でも有名になったホセ・ムヒカの言葉が載っていました。曰く、「貧乏とは少ししか持っていないことではなく、いくらあっても満足しないことである」これは古代ギリシアの哲学者セネカの言葉からの引用です。なるほど、「持てる量∧欲する量」なら心は常にマイナス収支ですからね。岐阜県岩村藩出身の佐藤一斎も同じようなことを言っています。「分を知り、然る後に足るを知る」（『言志録』四十二条）これらの賢人の言葉を耳にすると、糖尿病に関するある記述を思い浮かべるのです。

学生時代に『レーニンジャー　生化学――細胞の分子的理解――』（一九七七年 共立出版）という上下二巻の分厚いテキストを与えられました。その圧倒的なボリュームに打ちのめされて、生化学は大の苦手科目でしたが、その本の糖代謝の章のはじめに、「糖尿病とは、豊かさの中で飢えていることである」という一節がありました。名前は覚えていませんが、ある学者が述べた、この何とも詩的で逆説的な表現に惹かれて、生化学の知識は何一つ残っていないのに、この一節だけが脳に刻み込まれています。糖尿病患者の血液中には、有り余るほどの糖（グルコース）が存在するのに、それを細胞内に取り込んでエネルギーとして利用することができないということを、細胞の立場から述べているわけですが、同じような現象は現代社会にいろいろと見出せます。たとえば「グルコース」を「情報」に置き換えてみてはどうでしょう。毎日夥しい数の出版物が印刷され、インターネットやSNSには情報が氾濫していますが、この中から取捨選択して正しい情報だけを自身に取り込んで心の栄養にすることが困難な時代です。このコロナ禍におけるワクチン懐疑論など、最たる例ではないでしょうか。

情報過多といえば、近ごろ日常の診療において次のようなことをときどき経験します。外来である患者さんの訴える症状に対して薬を処方しました。二週間ほど経ってその患者さんが再受診した際に薬の効果を尋ねると、「薬局でもらった紙に、怖いことばっかり書いてあったから、飲まんかった」と言うのです。調剤薬局から渡されたというそのA4のコピー用紙を見ると、副作用情報が（その中のいくつかは赤い字で）これでもかというほど羅列してあるのです――吐き気・嘔吐・下痢・胃腸障害・めまい・けいれん・筋肉痛・じんま疹・肝障害……読んでいるこっちのほうがめまいを覚えそうなくらいです。そして私が処方したその薬も、有効に利用されることなく患者さんの家のゴミ箱に捨てられる運命にあるのです。糖尿病患者のオシッコの中に捨てられるグルコースのように……。

今は何でもネットショップで買える時代です。特に本はネットショップで買う機会が増えました。昔は大竹書店や丸善で、一冊一冊手に取って見比べながら、小一時間もかけて一冊の本を買ったものでしたが、今ではパソコンやスマホでクリックするだけです。そして「おすすめ」の中から次から次へとクリックして「ほしい物リスト」

に入れて、「カート」に移って……。こうして読みたい（読みたかった？）本がどんどん我が家の本棚に増えていきます。

先日、本棚の片隅に追いやられていたプルーストの『失われた時を求めて』全十三巻のうちの第九巻を読み始めました。二年ほど前に九冊目の途中で挫折していたのを、ふと思い出して取り出してきて再開したのです。集英社の文庫本で、一冊あたり五百ページ弱から長い巻では七百ページ以上あります。

この二十世紀最高の文学作品の一つと言われている小説の存在を知ったのは、一浪して予備校に通っていたときです。当時人気の若い国語講師が講義中に面白おかしくこの小説の内容を紹介していて印象に残ったのですが、そのあまりの長大さに怖気づいた超遅読派の私としては、その後何十年もプルーストに足を踏み入れずにいたのです。それこそ、人生の残り少ない（？）時間を失うことになりますから。それが何年か前に何を血迷ったか、十三巻のうちのとりあえず最初の三巻をネットショップで購入してしまいました。リアルの本屋さんでだったら、書架にずらりと並んだ十三冊を前にして、絶対に手に取ろうとは思わなかったでしょうに。挑んだ読者の挫折率が最

も多いことでもこの小説は有名だそうです。その挫折者の側の一員に数えられること
が癪に障るので、意地で再び読み始めたわけですが、これが読んでいてちっとも楽し
くないのです。少なくとも私にとっては心に響いてこない。新型コロナ感染で味覚障
害を来たした人が「何を食べても味がしない。カレーを食べても匂いも何もわからな
い。まさに砂を嚙むよう」と言っていましたが、ちょうどこれに似た感覚でしょうか。
嗅覚と味覚が麻痺していては楽しく食事できないように、読書にも心のセンサーが必
要です。ゲルマント公爵夫人だのシャルリュス男爵だの、ヴェルデュラン夫人の邸宅
での夜会だのと、十九世紀パリ社交会を舞台にした華やかな世界の人間ドラマに、岐
阜県の田舎町に住む一小市民の私の心は共鳴しないのです。豊潤なプルースト文学の
言葉たちを、砂を嚙む思いで字面だけを追っているといった感じです。モッタイナ
イ！　糖尿病と同じで（自己弁護に聞こえるかもしれませんが、何年か前に読んだデ
ィケンズの『デイヴィッド・コパフィールド』は全五巻をとても楽しく読破できたの
で、プルーストと相性が悪いだけかも？）。
飽食の時代と言われて久しいですが、山本一力さんが昔、ある雑誌（どうしても名

前が思い出せませんが……）に連載されていたエッセイに「戦後間もない食糧難の時代に、近くの工場で働いていた母親がいつも週末には子どもたちに一個の卵を買って帰ってきた。その茹で卵を妹と半分ずつ分けて食べたときのあの喜び……」という思い出を書いていました。お腹が空いていれば何でも美味しいものです。ソクラテスが「無上のソースは空腹である」と言っているように、空腹こそが最高のご馳走なのです。とはいうものの、この豊かで平和な今のニッポンにあって、茹で卵半分を食べられる幸せを感じることができる人間になるためには、どうすればよいのでしょうか（ビンボーになればいいじゃないか、ですって⁉）。それにはやはり、心の「インスリン感受性[1]」みたいなものを高めることが大切なのではないかと思います。

---

(1) インスリン感受性が高いとは、血糖を下げるのに、より少量のインスリンで済む、すなわちインスリンの効きが良い状態のこと。逆にメタボ、肥満などでみられるインスリン感受性の低下（もしくはインスリン抵抗性の増大）は、インスリンの効きが悪く、より多くのインスリンを要する状態のこと。

ところで、こうして心に移りゆく由無し事をそこはかとなく書きながら、ふと自分を振り返ってみると、『しょうてん』の原稿の締め切りが迫ってくるたびに、いつも心の中では焦っている自分がいるわけです。そのくせ今夜はもう遅いし疲れているから、明日書こうと先送りし、日頃だらだらと怠惰に過ごしているくせに、「時間が足りない、もっと時間が欲しい」と……。しかし、「時は金なり」、すなわち時＝金だから、自分は「お金が足りない、もっとお金が欲しい」と切望しているに等しいわけで、ホセ・ムヒカ氏の言う定理に従って、やっぱり自分は貧乏なんだと、A＝B、B＝C、故にA＝Cと、勝手に数学的に証明した気になって、妙に納得している今日この頃です（誤解のないように断っておきますが、私は時間だけでなくお金ももっと欲しいと望んでおりますので、正しくは貧乏×2となります）。

チャウシェスク　プーチンヒトラー　キムジョンウン

〈二〇二二年五月〉

もう世間から忘れられているかもしれませんが、今年の一月に本当に許し難い、腹の立つ事件がありました。こんな人間のクズみたいな奴が世の中にいるのかと思うと本当に情けなくなる出来事でした。電車の優先席に寝そべって加熱式タバコを吸っているところを高校生に注意されたその男は、逆上してその男子高校生に食ってかかり、駅のホームに土下座させて殴る蹴るの暴行を加えて逃走したのです。同じ車両に乗り合わせていた乗客は、その男を制止するわけでもなく、傍観者で通しました。下手に仲裁に入って自身が危害を加えられるのが怖いのもわかります。実際、過去に同じような状況で仲裁に入った人が刺されて死亡した事例もあります。しかし、手をこまねいていては、男はエスカレートするばかりです。男子高校生は頬骨を骨折して鼻から血を流し、駅のホームには血溜まりができていたとか……。

今ウクライナで起こっている戦争も、これとまったく同じように見えて仕方ありません。この二十一世紀に、こんな不条理な戦争が勃発するなんて……。ウクライナの十倍もの軍事力を備えたロシアの蛮行を、世界はただ見守るばかり。もちろんSWIFT（スイフト）（国際銀行間通信協会）からのロシア排除等の経済制裁やウクライナ軍への武器の供与など、いろいろな形で西側諸国はウクライナを支援してはいますが、自国軍を派兵すれば第三次世界大戦に拡大するという理由で直接介入はせずに、ウクライナ軍独りに戦わせています。このままでは街は破壊され尽くし、人命は日ごとに失われ、国土は焦土と化していくばかり。首都キーウからのロシア軍撤退の報に一時安堵しましたが、東部地方の掌握に的を絞ったとかで、マリウポリをはじめとする南東部の都市の惨状には胸が痛みます。避難しようと四千人の人々が集まっていた鉄道駅にクラスター爆弾と思しきミサイルが着弾し、百七人の市民が死亡しました。駅周辺には多くの血溜まりの跡がありました。いったい、この戦争の後に何が残るのだろうかと本当に疑問を感じます。ある専門家が、「プーチンの、プーチンによる、プーチンのための戦争」と表現していました。プーチンの頭の中には、五月九日の独ソ戦戦勝記念日までに戦争を終結させて、ウクライナ東部二州の獲得を戦果として国民にアピールすることが狙いとしてある、と軍事評論家やロシア政治専門家たちが口を揃えて言います（アホちゃう?）。この〝しょうてん〟を皆さんがお読みになる頃には、ウクライナはどうなっているのでしょう?

今回のウクライナの悲劇を目の当たりにして、未来永劫この地球上から戦争は決してなくならない、ということがよーくわかりました。虚無感を覚えながら、先人の戦争についての名言を紐解いてみました。

●「戦争は小銃の偶発から始めることができる。しかし戦争を終結させることは、経験豊かな国家指導者でさえ容易な事ではない。流血をとどめるのは、ただ理性だけである」（フルシチョフ）

●「戦争の時だって、反対する人はいました。でも、そのときの空気がそれを認めなかった。私たちは空気で動き、空気が先導した結果だから、誰も責任を取

らないんです」（井上ひさし）

●「戦いを避けるために譲歩しても、結局は戦いを避けることはできない。なぜなら譲歩しても相手は満足せず、譲歩するあなたに敬意を感じなくなり、より多くを奪おうと考えるからである」（マキャヴェリ）

●「祖国の存亡がかかっているような場合は、いかなる手段もその目的にとって有効ならば正当化される」（マキャヴェリ）

●「世界を満たしているはなはだしい差別、ヘイト、排斥、価値の上下の決めつけ、中毒、放蕩、困窮、傲慢、絶えざる諍い、血みどろの戦争……。これらのものはどれもこれもみな、われわれ人間の心から出てきたものである」（ヘルマン・ヘッセ）

どれも真実を語っています。そしてもう一つ、アインシュタインの言葉――「人々の良心と良識が目覚め、戦争が先祖の異常な行動として認識される新しい時代が到来することを祈っています」――そう、人類は永遠に祈り続けるのでしょう。喜劇王チャップリンも面白いことを言っています。「戦争をやって、いがみ合っている国のリーダーをリングの上にみな引っ張ってくるんだ。そうしてトランクス一枚の裸で、徹底的にやらせるという具合にいかないもんかね」。七十歳に近いとはいえ、黒帯の柔道八段でマッチョなプーチンと、小柄なコメディアンであるゼレンスキーがリング上で闘ったら、プーチンに分があるように思われます。これは不公平だから、複合競技にしてM1（K‐1じゃダメです。これもプーチンに有利だから）を取り入れるべきです。これならゼレンスキーが圧倒的な笑いを取ってタイに持ち込みます。ファイナルセットは民族舞踊対決を提案します。コサックダンスなんかいいんじゃないでしょうか？　皆さん、コサックダンスはロシアの踊りでプーチン有利、と思うでしょう？　じつは、コサックダンスはウクライナの伝統舞踊なのです。速いテンポで身軽に飛び跳ねるダンスで、若くてフットワークのいいゼレンスキーが2セットを連取して、2対1でウクライナが勝利！

話は変わりますが、数年前から、「医者はいずれＡＩに仕事を奪われる。医者の中でも放射線科医と糖尿病専門医はＡＩに取って代わられる」という声を聞くようになりました。また弁護士も、六法全書や過去の判例を全部インプットされたＡＩ弁護士に任せる時代が来るなどといった話を聞きますが、僕は国家元首こそＡＩにしたらいいのではないかと真剣に考えています。モリ・カケ問題やアベノマスク……挙げ句の果てに潰瘍性大腸炎が悪化したとかで仕事を投げ出してしまう日本の首相や、自分に不都合な報道はすべてフェイクニュースだと言い放ち、連邦議会襲撃事件を扇動した米国大統領たちを見るにつけて、人類の歴史、世界の歴史と地政学、科学、文化芸術に至るすべての知的遺産や、世界と宇宙のあらゆる事象のデータベースをインプットしたＡＩを国家元首にするのがいいんじゃないかと思うのです。そうすれば、少なくとも今回のプーチンのように妄想と誤算に基づいた軍事侵攻はしなかったでしょう。プーチンは核の使用もちらつかせているようですが、その先に何が起こるか？　二十手先、三十手先まで読んで決断するなら、そんなことはあり得ないはずです。いや、もしかして近い将来、世界の多くの国家元首がＡＩになっていて、奇しくも同時期に、同時多発的にそれぞれの核のボタンを押すかもしれない。なぜなら、青く美しい地球を守るために、ＡＩたちが計算して出した答えが、とりあえず人類を滅亡させて地球の歴史をリセットしなければならないということだったからです。

最後に、今回のウクライナ戦争の理想的な結末は「小よく大を制す」で、ウクライナが勝利することです。ロシア軍はウクライナから撤退し、力による現状変更に失敗してロシアの国内世論が反プーチンへと動き出します。ここであっけなくチャウシェスクのような最期を迎えてはダメです。チャップリンは自伝の中で「ヒトラーという男は、笑いものにしてやらなければならないのだ」と述べています（『チャップリン自伝』中野好夫訳、一九六六年新潮社）。――「権力と威厳を持ちすぎる者は、いつでも最後には人々の嘲笑の的となる」（チャップリン）映画『独裁者』の中で、チャップリン自身がヒトラーをパロディー化して演じているように、ゼレンスキー大統領はコメディアンとして映画界にカムバックし、『独裁者Ｐａｒｔ２』を制作して、自らプーチンのパロディーを演じる。そして映画史上空前の興行収入を得て、ウクライナの復興に資する。そして、プーチンは世界中の人々の笑いものとなって余生を過ごす……この妄想が現実となりますように。ウクライナに栄光あれ！

ひまわりや　プーチン独り　夢の跡〈二〇二二年十一月〉

　自分はつくづくメンタルが弱いなと思うときがありますが、それはゴルフで谷越えのショートホールのティーグラウンドに立ったときです。谷が目に入った瞬間に、もうボールが谷底へ吸い込まれていくシナリオは出来上がっているのです。谷越え率2割5分くらいでしょうか。谷が池に変わっても同じです。戦う前からもうすでに己に負けているわけです。

　ゴルフがメンタルなスポーツであることは誰もが認めるところでありますが、今回のウクライナ戦争――この二十一世紀のハイテク・ハイブリッド戦争において、士気という言葉がたびたび語られることに少し驚きを感じています。結局、最後は〝気合いだーっ！〟の世界なんだなと、少しホッとした気持ちになります。戦争をしているのにホッとしていてはいけませんが……。当初からロシア軍の士気低下が囁かれていましたが、侵略者から自国の領土を守らねばならないウクライナ軍と、演習だと偽ってウクライナへ連れてこられて何のために戦っているのかわからないロシア兵とでは、気合いが違うのは当然です。ましてや九月二十一日以降に部分動員された予備役の兵士たちなどは迷彩服や防寒具、負傷時の出血に備えて生理用品(⁉)を自前で調達しなければならない始末で、訓練もなく前線に送り出されて、戦わずして投降するケースが増えているとか……。

五月号の〝しょうてん〟には、ウクライナの勝利を神に祈る思いを書き綴りましたが、何だかそれが現実味を帯びてきたような状況です。来年春の終わり、遅くとも夏までにウクライナが勝利するという予測まで出てきました。『進歩中に退歩を忘れず。故に躓かず』(『言志後録』五十九条)と言いますから、まだまだ兜の緒を締め続けねばなりませんが。二月二十四日以降、新聞やテレビのニュース、ネットでヤフーとBBCニュースを隈なくチェックすることが日課となっています。

ところで、そのウクライナ侵攻が始まるほんの一週間前、私は「自分には神通力があるんじゃないか？」と思う出来事がありました（神通力って最近使わない言葉ですが……）。二月十七日、北京オリンピック女子フィギュアスケートで、ドーピング疑惑に揺れながらも圧倒的な強さでSP首位に立ったロシアのワリエワ選手（十五歳）が、フリーの演技に登場したときのことです。私はこの憎っくきロシアの小娘（女性蔑視ではありません。強すぎて憎たらしいだけです）に向かって、心の中で「転べ！三回、転倒しろ！」と念じていたのです（ワリエワファンにはごめんなさい）。するとなんと、現実にことごとく四回転ジャンプに失敗して二度も転倒するではありませんか！　バランスを崩したり、何とか持ち堪えても着氷時に手をついたりと、惨憺たる出来栄えで五位に沈みメダルを逃したのです。このときは小躍りして喜んでしまいました（ボクって、性格悪いですか？）。

これに似た感情を抱いたのが、プーチン大統領がトルコのエルドアン大統領との会談で珍しく待ちぼうけを食わされたときの映像を観たときです。プーチンは遅刻の常習犯で、過去に安倍元首相など二時間半も待たされたし、故エリザベス女王との会談にも十五分近く遅刻してきました。ドイツのメルケル首相に至っては四時間も待たせた挙げ句、犬嫌いのメルケル首相の前に愛犬を連れて現れたのです（ホントに性格悪いヤツですね）。遅刻して相手を待たせるのは、自分のほうが偉いんだということを見せつけたいからなんでしょうが、器の小さい男ですよ、プーチンは。ウクライナ侵攻の戦況が怪しくなってきて、ＥＵとの仲介役を担うトルコのエルドアン大統領のほうが立場が上になったから、プーチンに仕返しをしてやったのでしょう。七月十九日にイランのテヘランでの会見前、記者たちのカメラの前でエルドアン大統領が現れるまでの五十秒間、プーチン大統領は決まり悪そうに立ち尽くして口元をモグモグさせたりして落ち着きませんでした。ほんの五十秒間ではありましたが、彼にはとても長く感じられたことと思います。時間を守らず人を待たせることがどれほど非礼なことか思い知ったか、プーチン！（ごめんなさい。つい感情的になってしまいました）いちどＹｏｕＴｕｂｅで観てください。面白いですよ〜。

そのプーチン大統領は九月三十日にクレムリンで演説し、ウクライナ東部ドネツク州とルハンスク州、南部ザポリージャ州とヘルソン州の、合わせて四つの州をロシアに併合することを一方的に宣言しました。このとき、プーチンは四十分近くに及ぶ演説の半分以上の時間を費やして欧米に対する憎悪、嫌悪を剥き出しにしたのでした。欧米に対する積年の恨みをぶちまけるような内容で、映像でもその表情に冷静さを欠いて怒りに燃える様が現れています。まさに「忿（ふん）は猶（なお）火の如し。懲らさざれば将（まさ）に自ら焚けんとす」（『言志耋（てつ）録』六十二条）です。プーチンの、プーチンによる、プーチンのための戦争と言われるウクライナ侵攻ですが、事の起こりは二〇一四年に軍を派遣して無血のうちに一方的にクリミア半島を併合し得たという成功体験に酔ってしまったことです。まあ、図に乗ってしまったんですな。何千何万人というウクライナの市民と、九万人超ともいわれるロシア軍兵士の命が、一人の男の欲望と怒りと間違った成功体験という異常なメンタルによって失われています。

　来年の春にはロシアが敗北してプーチン政権が崩壊することを念じています。数限りない戦争犯罪に対して、プーチンにどんな刑罰を下すべきか、私なりにいろいろ考えているのですが、一ついい案を思いつきました。プーチンは以前、上半身裸で馬に乗ったポーズで、自分が強い男であることをアピールしていました。だから、同じように上半身裸にして両手を後ろ手に縛って馬に乗せ、首に縄をつけてキーウの街を市中引き回しの刑に処する、っていうのはどうでしょうか。ちょっと遠出をして、キーウ郊外のブチャの『死の通り』を引き回すことも必要かもしれません。ウクライナの人々も恨みを晴らしたいでしょうから、生卵かひまわりの種なら投げつけてよいことにしましょう。

プーチンの顔を見ていると、怒りでついつい抑制が利かなくなってしまう私ですが、ゴルフのメンタルに話を戻すと、谷越えのショートホールで痛恨のOBを出した私は、一緒にプレーしているライバルに後れを取ります。勝負のかかった最終ホールで相手のボールはバンカーの中に……。相手がバンカーショットを打とうとするそのときに、私の心の中に悪魔の囁きが聞こえてくるのです。「ダフれ[1]！　三回、ダフれ！」ボクって、プーチンと同じくらい器の小さい男なんでしょうか？　ちなみに、ゴルフは紳士のスポーツである、という言い伝えはあります。

(1) ダフるは、duffを動詞化した語。ゴルフで、打ちそこねて球の前の地面を打ちつける。

ひまわりや　プーチン独り　夢の跡〈二〇二二年十一月〉

【参考文献】
◇常盤伸「プーチン後のロシアはどのような体制になるか」『JBPress』二〇二二年10月12日付（日本ビジネスプレスグループ）

ＡＩの惨禍（愛の讃歌？）〈二〇二三年五月〉

桜の季節もあっという間に過ぎて、街路樹にピンクや白の花たちが一斉に咲き出したかと思うと、ついこの前まで枯れ枝だった木々は芽吹き、日ごとに緑が増えていきます。運動不足解消にと、早朝四十分間で五千五百歩の散歩をしていますが、散歩コースに植わっている街路樹や庭木の名前が、今年はとても気になります。今まで草木には無頓着だった私ですが、一緒に散歩しているカミさんにいちいち、「これ、何ていう木？」と聞きながら歩いています。ジジイになった証拠でしょうか？　ＮＨＫ連続テレビ小説『らんまん』の影響というわけではありません。実家の庭の二本のカエデの木が枯れてきたため庭師さんに何か新しく植えてもらおうと、どんな木がいいか街路樹＆庭木図鑑の類いを買い込んで調べたり、花木センターに行って実際に見たりしている最中なのです。自分は草木や花、植物一般にはまったく疎い人間で、桜の木ですら花が咲いてから初めて、「ああ、これは桜の木だったのか」と認識するほどです。幹だけ見てわかるのは、白樺とシュロと百日紅くらい（サルでもわかる?）。今では、スマホで花や木々の画像を撮るだけで、瞬時にその植物の名前を教えてくれるアプリがありますが、持ってはいません。きっとそのアプリを手に入れても、私の場合は名前を知ったとたん「ふ〜ん、〇〇の木だったのか」で終わってしまうでしょうから。

最近、ＣｈａｔＧＰＴの話題で持ちきりです。開発元の最高経営責任者が岸田首相と官邸で面会したとか、イーロン・マスク氏が「ＣｈａｔＧＰＴは制御不能で危険だ。開発競争を停止すべきだ」と言ったとか、連日、新聞、テレビのニュースや報道番組でＣｈａｔＧＰＴの文字を見ない日がありません。なんでも、インターネットや携帯電話の普及に数年とか十年を要したのに、ＣｈａｔＧＰＴの利用者は二か月で一億人を超えたとか……。まさに〝異次元〟のＡＩで、そのスゴさは衝撃的だそうです。例えば、どんな質問にも自然な文章で、まるで人間のように答えてくれるのです。社内のプレゼンテーション作成や顧客アンケート調査の分析、離婚相談からSF雑誌への投稿まで……。今まで人間が何十時間もかかってやっていた作業をわずか数分で仕上げてしまうのです。

危惧されているのが教育現場への影響です。ある小学校でハリーポッターシリーズの読書感想文を書く宿題に、五年生の生徒がChatGPTを使って書いた作文を提出したのです。原稿用紙に書かれた字はいかにも小学生らしい稚拙な文字なのに、その文章表現は文字とアンバランスに大人びているのです。感想文の提出を受けた担任の先生は、書いたのは本人でないと直感し、その生徒に尋ねたらChatGPTに書いてもらったと打ち明けたのです。私が疑問に思うのはその先生の対応です。「書き方を写すだけでも学びにはなりますし、新しいものを意欲的に取り込んだという姿勢は評価しています」とおっしゃるのです。そして、生徒が提出した感想文の最後には、赤鉛筆で花丸と「すごいね！」のひと言が添えてありました(1)。自分で本を読んで、

(1) NHK NEWS WEB（二〇二三年四月十一日十五時九分）より

心で感じて、自分の頭で考えて、そして文章を書いてこそ学びなのではないでしょうか？　この小学生の行為はカンニングと何が違うのでしょう、と私は思ってしまいますが、今の教育現場では「すごいね！」って褒めてあげなければいけないんでしょうか？　前述の『らんまん』に登場する蘭光先生（土佐の郷校名教館（めいこうかん）の儒学者伊藤蘭林がモデル）は、植物の名前を知りたいという好奇心を万太郎（植物学者牧野富太郎の少年時代がモデル）の心に植え付けます。そしてそのために『本草綱目[2]』を読みたいという気持ちを起こさせるのです。そしてこの大著を読むために、万太郎少年は蘭光先生の教えに従い国学と漢学を学ぼうと志を立てます。世界に誇る「日本植物学の父」牧野富太郎は一朝一夕には生まれないのです。

ＣｈａｔＧＰＴの普及によって職を失う人も多いと予想されています。百二十万件もの離婚裁判の判例を記憶しているＡＩ弁護士がいるなら、誰でも自宅でＰＣに向かってＣｈａｔＧＰＴを開いて、「離婚したいんだけど、どうすればいいの？」と打ち

---

(2) 中国明の李時珍（一五一八～一五九三）による百科全書的な本草書。

込むでしょう。医者も同じです。問診などという儀式は、もう今でもなくなりつつあります。最近の若い患者さんはネットで調べて自分で診断をつけてきて、診察室に入るなり「抗生剤のアジスロマイシンを処方してください」などと言います。知的労働者と言われる人々ほど影響が大きいのではないでしょうか。

こうして人間は脳を使わなくなっていきます。約三五〇万年前、直立二足歩行を始めてから人類の脳は進化しその容積を増してきましたが、もうこれから先、人間の脳は萎縮していくのではないでしょうか？　筋肉は何歳になってもトレーニングすれば発達するよと、以前ジムのトレーナーに言われたことがありますが、逆に使わなければあっという間に萎縮してしまいます。脳だって同じで、廃用性萎縮があり得るのではないでしょうか。これを示唆するような研究がじつはあるのです。ユニバーシティ・カレッジ・ロンドンの神経科学者エレノア・マグワイア博士がロンドンタクシーの運転手の脳のＭＲＩ画像を一般人と比較したところ、海馬(3)の体積が大きくなって

---

(3) 大脳の古皮質に属する部位で、知的機能や記憶などの働きとその制御を行う。

いたというのです。ロンドンタクシーの運転手は、ノリッジ試験（The Knowledge of London）という世界最難関試験の一つとも言われる試験に合格しなければ資格を与えられないのですが、運転技術はもちろんのこと、ロンドンの地理、約二万四千のストリートの名前、数万にも及ぶランドマークの名前と場所をすべて記憶し、出発地点から目的地までの最短経路を即座に示すことが求められます。受験者は平均八千時間もの学習を要するという過酷な試験なのです。そして勤続三十年以上のベテラン運転手ほど海馬が大きかったそうです[4]。ということは、使わない脳はやはり筋肉と同じで萎縮していくはずです。数年後にはロンドンの街を、カーナビとＣｈａｔＧＰＴを搭載した自動運転のブラック・キャブが走っているかもしれません。まさかチップは要求されないでしょうねえ？

　しかし、こうして究極の便利さを追求してゆくと、人間はどんどん劣化していくのではないかと思います。スマホがなければ何もできない、といったような……。実際、

(4) Maguire E.A. Navigation-related structural change in the hippocampi of taxi drivers. Proc Natl Acad Sci USA. 2000 Apr 11;97 (8) :4398-403より

私の場合、たとえばお歳暮の礼状ひとつ書くにも、スマホや「手紙文の書き方」といった本で時候の挨拶の言葉を調べなければ筆が進みませんが、若き特攻隊員の辞世の句などを読むと、十九や二十歳の若者が死を目前に、達筆で胸にジーンと迫るような句をさらさらと書き残しています。男女の出会いも、今どきは安易にマッチングアプリなるものに頼っていますが、昔の若者は深窓の令嬢のお屋敷の窓辺で、自らギターを奏でて愛の歌を歌ったものです（オペラの世界だけでしょうか？）。プロゴルファーだって、現代ではボールとクラブの性能に大いに助けられているのであって、ベン・ホーガンやサム・スニードといった往年の名手と同じ道具を使って同じ土俵でプレーしたら、どんなスコアになるかわかりません（でも、大谷翔平はベーブ・ルースより上でしょうね）。

最後に、かくして心身ともに十分に劣化した人種である私は、この『しょうてん』の原稿をＣｈａｔＧＰＴに書いてもらったのであります（冗談です。ＣｈａｔＧＰＴならこんな駄文を書かないでしょう）。

おわりに

冒頭に述べたように、このエッセイ集は半年ごと七年間にわたって書いたエッセイを一つにまとめたものです。大学入試の小論文以来、まとまった文章を、ましてや人に読んでもらうためのエッセイなど書いたことがない自分にとって、最初から大変な重荷でした。原稿の締切日の一か月前になると原稿依頼の確認の通知が届くのですが、このころから心が落ち着かなくなってくるのです。「ああ、あと一か月か……」と。しかし、このデッドラインを守った試しがありません。一か月間、何を書こうかとネタ探しで頭の中はいっぱいなんですが、まったく筆が進まないのです。ゴルファーのイップスみたいに、まったく動かず固まっているのです。そして岐阜県医師会の編集事務局の担当者から催促の連絡がきて、ようやくパソコンに向かってキーボードを打ち始める……この七年間、これの繰り返しでした。毎朝、新聞のコラム欄を読むたびに、よくもまあ毎日こんなふうにサラサラと書けるものだなあと、感心したものです。いくつもの雑誌週刊誌に月に十何本ものエッセイを抱えている作家がいますが、どうしてそんなことができるんだろうと、ただただ呆れてしまいます。

そして、新聞ニュースなどで最近話題になっている出来事を取っ掛かりに、古典的に起承転結を意識して書き始めるのですが、これが切羽詰まっていると意外とどんどん書けるのです。最後は、落語のサゲ（落ち）みたいに自虐ネタで締めくくって結ぶ。そして最後に、キャッチーなタイトルをつける。——とまあ、こんなパターンに落ち着いてきました。書き始めると意外と正味二〜三日で書き上げられるのです。だったら、どうしてもっと早くから腰を上げないんだと、編集担当の方に叱られそうですが、それはできないんですね。これはほとんどビョーキだと思います。

ところで、私がこの本の出版準備に取り掛かってからのこの一年で、社会情勢は大きく変わりました。日大アメフト部は、部員の大麻使用疑惑に揺れた末に廃部となりました。ウクライナ情勢も、アメリカがウクライナへの追加支援に及び腰だとかゼレンスキー大統領が軍総司令官を解任したとかで、ロシアの人海戦術にウクライナは苦戦を強いられています。もたもたしているうちにエッセイの中身が賞味期限切れになりつつあります。

こうして難産の末、出来上がったエッセイたちですから、私にとってはとても愛おしい作品です。こんな親バカのバカ息子たちに最後までお付き合いくださって、ありがとうございました。

二〇二四年

安藤　広幸

著者プロフィール

安藤 広幸（あんどう ひろゆき）

1959年生まれ、岐阜県多治見市出身。

外科医、安藤クリニック（多治見市）院長。

1985年、名古屋大学医学部卒業。岐阜県立多治見病院、名鉄病院勤務ののち、1996年より父の経営する医療法人（現安藤クリニック）に勤務、現在に至る。

日本外科学会専門医。専門は肛門外科。

徒然モノ草

2024年４月15日　初版第１刷発行

著　者　安藤 広幸
発行者　瓜谷 綱延
発行所　株式会社文芸社
〒160-0022　東京都新宿区新宿1－10－1
電話　03-5369-3060（代表）
03-5369-2299（販売）

印刷所　図書印刷株式会社

ISBN978-4-286-24807-3